迷人

Dracula, Alice, Superman, and Other Literary Friends

Fabulous Monsters

怪 物

Alberto Manguel

德古拉、爱丽丝、超人等文学友人

〔加〕阿尔维托·曼古埃尔 著 徐楠 译

南京大学出版社

献给想当公主的阿米莉娅和喜欢龙的奥莉维亚

目 录

*

前 言
001

包法利先生
001

小红帽
007

德古拉
014

爱丽丝
019

浮士德
028

乔特鲁德
033

超　人
039

唐　璜
047

莉莉丝
052

流浪的犹太人
059

睡美人
065

菲　比
071

性　真
077

吉　姆
083

客迈拉
093

鲁滨逊·克鲁索
100

魁魁格
108

暴君班德拉斯
114

希德·哈梅特·贝内恩赫利
123

约 伯
133

卡西莫多
139

卡苏朋
146

撒 旦
155

骏 鹰
162

尼摩船长
168

弗兰肯斯坦的怪物
175

沙 僧
183

约 拿
189

多娜·埃米莉亚
204

温迪戈
209

海蒂的爷爷
215

聪明的艾尔莎
221

大个子约翰·西尔弗
226

卡拉高兹与哈奇瓦特
233

爱弥儿
239

辛巴达
246

威克菲尔德
251

怪物出处
259

致　谢
267

前　言

*

"这是个孩子!"海亚连忙介绍道,他来到爱丽丝身前,朝着她的方向伸出双手,一副盎格鲁-撒克逊人的架势,"我们今天才发现的。它跟真人一样大,但比真人真实一倍!"

"我一直以为它们是传说中的怪物!"独角兽说道,"它是活的吗?"

"它会说话。"海亚一脸郑重。

独角兽出神地看着爱丽丝:"说吧,孩子。"

爱丽丝一开口便忍不住要笑:"你知道吗?我也一直以为独角兽是传说中的怪物呢。我从来没见过活的独角兽!"

"那么,既然我们已经见过彼此,"独角兽回答道,"如果你相信我,我也会相信你。这样的交易公平吧?"

——刘易斯·卡罗尔《爱丽丝镜中奇遇记》

旅行指南上能找到奥德修斯与堂吉诃德跋涉过的路线。摇摇欲坠的建筑物据说是苔丝狄梦娜的卧室或朱丽叶的阳台所在。某个哥伦比亚村庄宣称它即奥雷连诺·布恩蒂亚的诞生地马孔多,胡安·费尔南德斯群岛[1]曾在几个世纪以前迎来那位独一无二的帝国主义者鲁滨逊·克鲁索。多年来,英国邮政局忙于处理寄给贝克街221B号的夏洛克·福尔摩斯先生的信件,而查尔斯·狄更斯则是收到过一封又一封充满怒火的信件,指责他在《老古玩店》里杀死了小内尔。按照生物学的看法,我们的祖先是血肉之躯,但其实我们都知道,自己是纸墨魂灵的后代。路易斯·德·贡戈拉[2]早就如此定义它们:

> 以高耸的帷帘建起剧场,
> 戏剧性场景的作者沉睡其中,
> 幻影显形,盛装登场。

---

1 Juan Fernandez,南太平洋上的火山群岛,也是《鲁滨逊漂流记》中荒岛原型的所在地。(除有注明外,全文所有脚注均为译注。)
2 Luis de Góngora(1561—1627),西班牙巴洛克诗人。[引文出自其诗集《十四行诗全集》(*Sonetos completos*)中题为《是一个梦》("A un sueño")或《各种想象力……》("Varia imaginación...")的一首十四行诗。——原注]

"小说"(fiction)一词于十五世纪早期被英语吸收，意为"虚构或想象之物"。根据词源词典，该词经由法国人衍生自拉丁语动词 fingere 的过去分词形式，原意为"用黏土揉捏、创造"。某种程度上，小说创作便是作者以概念中的原始尘土塑造成文字化的亚当，并为之注入生命力。也许这就是为什么那些绝佳的虚构角色能够在纸面上立体化，时常胜于我们身边实实在在的朋友。他们不会拘泥于自身的故事，而是一遍遍更新我们的阅读体验，让某一些场景发光，让另一些片段黯淡，或是展现我们之前莫名遗忘的惊人情节、尚未注意的微小细节。赫拉克利特有关时间的忠言适用于每一位读者：我们不能两次进入同一本书。

对读者来说，有关现实世界的启示常常出现在书页上。当爱丽丝在《镜中奇遇记》中遇见坐在窄墙上摇晃的蛋头先生时，她关切地询问对方坐在地上难道不是更安全吗。"当然不是！"蛋头大声反驳，"因为，如果我真的摔下来——这是不可能的——但如果我摔下来——"他表情严肃地停顿了一下，"国王向我保证过——亲口保证——会——会……""会派出他所有的马匹和士兵。"爱丽丝不太明智地插嘴道。蛋头的情绪突然激动起来，他大喊道："你在门口偷听到了——或者在树后——在烟囱下——不然你不会知道这个！"

"我没有,真的!"爱丽丝很镇静地回答道,"是书上写的。"真正的读者不会对爱丽丝的解释感到意外。

世界各地的读者都对莎士比亚或塞万提斯这样的人抱有敬意,但这些充满希望或坚忍不拔的不朽形象并不比他们笔下的人物更真实。李尔王与麦克白夫人,堂吉诃德与杜尔西内娅,即便是许多从未读过相关作品的人,也能够确认他们的存在。相比维吉尔和莫里哀的私人生活(除了赫尔曼·布洛赫[1]和米哈伊尔·布尔加科夫[2]在各自作品中披露的那些方面之外),我们更熟悉狄朵女王[3]与唐璜的情感纠葛。读者们一直很清楚,我们所谓的真实世界诞生于虚构的梦幻。

但丁也意识到了这一点。在《神曲·地狱篇》的第四章中,在穿过摒弃一切希望的地狱之门后,维吉尔带领但丁来到了那座伟大的城堡,其中皆是基督降临之前便存在的正义灵魂。在那些目光沉重的男男女女中,但丁的视线捕捉到了埃涅阿斯——维吉尔所创造的角色,并且在提到他的时候只用了两个字:"埃涅。"

---

1 Hermann Broch(1886—1951),奥地利作家,著有《维吉尔之死》(*Der Tod des Vergil*)。

2 Mikhail Bulgakov(1891—1940),苏联小说家、剧作家,著有《莫里哀先生传》(*Жизнь господина де Мольера*)。

3 Queen Dido,希腊传说人物,这里指维吉尔作品《埃涅阿斯纪》中的角色。

但丁似乎认为,如果想要确保维吉尔作为其《神曲》的三位主人公之一拥有复杂的真实性,那么虚构角色(埃涅阿斯)便无法与虚构出他的人物(维吉尔)处于等同的文学量级。埃涅阿斯虽然出现在《神曲》中,但仅仅是一片掠影,因此维吉尔能够以但丁的旅伴这一形象而不是史诗《埃涅阿斯纪》的作者根植于读者内心,令人难以忘却。

由于我的一位高中老师不按常理出牌,我有幸在青春期读过一些埃德蒙德·胡塞尔[1]的现象学论著,对我们这些理想主义者来说,还是挺吸引人的。大部分成年人似乎坚信只有有形的事物才值得关注,但令人欣慰的是,胡塞尔主张我们可以与并不存在的事物建立联结,甚至是深厚的联结。在我们的认知范围内,美人鱼与独角兽的存在从未被证实,尽管某些中世纪的中国动物神话声称是因为独角兽天生过于害羞,所以我们才很少见到它们。然而胡塞尔认为,人类思维能够有意识地指向此类想象物,并在彼此之间创建一种"典型的二元关系"(这个描述真是缺乏诗意)。而我已经与成百上千的类似物建立了这种关系。

当然,不是每个文学形象都能成为读者的玩伴,一

---

[1] Edmund Husserl(1859—1938),德国哲学家,现象学创始人。

直陪伴着我们的只有那些自己钟爱的人物。就我个人来说,《约婚夫妇》中伦佐与露琪娅、《红与黑》中玛蒂尔德与于连的坎坷遭遇无疑令人心痛,我却无法感同身受,《傲慢与偏见》里重视身份地位的贝内特家族也是如此。我更能与基督山伯爵的复仇之怒、简·爱的坚定自信、瓦莱里[1]笔下泰斯特先生的理智忧郁产生共鸣。除此之外,这些角色也是我的亲密伙伴:切斯特顿[2]的星期四人让我在面对日常生活中的种种荒唐时如有神助;普里阿摩斯和阿喀琉斯[3]分别教会我为晚辈或长者的逝去哀恸;小红帽与朝圣者但丁带领我穿越人生之路上的黑暗森林;桑丘的邻居,也就是被驱逐的里科特,令我理解什么叫作可耻的偏见。数不胜数!

也许这些"传说中的怪物"的魅力之一便是他们变化多端的特征。虚构人物拥有属于自己的历史背景,不会沦为书封间的困囚,无论那里的空间是狭窄还是

---

[1] Paul Valéry(1871—1945),法国诗人,下文提到的人物出自其同名散文小说《泰斯特先生》(Monsieur Teste)。

[2] G. K. Chesterton(1874—1936),英国文学家,下文提到的人物出自其作品《星期四人》(The Man Who Was Thursday)。

[3] 均为希腊神话中的人物,普里阿摩斯(Priams)为特洛伊国王,阿喀琉斯(Achilles)为攻打特洛伊的希腊联军中的英雄。特洛伊战争时期,普里阿摩斯流泪哀求阿喀琉斯归还儿子赫克托耳(Hector)的尸体,阿喀琉斯想到了自己的父亲,也感动地哭了起来,不仅答应归还尸体,还同意休战十二天。

广阔。哈姆雷特诞生于书本中时,已经在埃尔西诺的壁上拱廊下长大成人,又在城堡尸横遍地的宴会厅里英年早逝,世世代代的读者却在未经着墨的晦暗中提炼出了他弗洛伊德式的童年和死后可能的政治生涯——比如在第三帝国时期的德国,哈姆雷特是被搬上舞台次数最多的角色。拇指汤姆的身体变大,海伦[1]成了脸孔干瘪的老太婆,巴尔扎克的拉斯蒂涅[2]开始为国际货币基金组织工作,奥德修斯在兰佩杜萨岛[3]的海岸遇难,基姆[4]被招募进英国外交部,匹诺曹被迫滞留在得克萨斯的儿童集中营[5]里,克莱芙王妃[6]不得不去贫民区找工作。读者会经历生老病死,但虚构人物不同,他们始终是我们第一次阅读故事时的样子,也会随着我们一遍又一遍的阅读变化。每一个虚构角色都像是海神普罗透斯,被波塞冬赋予变幻成宇宙万物的能力。"我知道我是谁,"堂吉诃德刚开始历险的时候,一

1　应指传说中引发特洛伊战争的海伦,被誉为世界上最美丽的女人。
2　小说《高老头》中的角色,为了金钱不择手段。
3　Lampedusa Island,属于意大利。
4　约瑟夫·鲁德亚德·吉卜林(Joseph Rudyard Kipling)的代表作《基姆》(*Kim*)中的主人公,是个混迹于印度市井的英国白人男孩。
5　应指美墨边境的移民儿童收容所。
6　法国小说家拉法耶特夫人(Madame de La Fayette,1634—1693)所著的同名作品 *Princesse de Clèves* 里的主人公,该书描写的是17世纪后期的皇室生活。

位邻居曾试图使他明白他并不是骑士小说中的那些虚拟人物,堂吉诃德如此回应,"而且我知道我可以不仅仅是我提到的那些人,还可以是法国的十二近侍,甚至是九贤者,因为我必将功勋显赫,不仅胜过他们每一个人,甚至所有人加起来也比不上我。"堂吉诃德全情投入地展现了他阅读过的各种角色的万千特征。

让我们回到词源学。与"同情"(sympathy)一样,"同感"(empathy)一词源自希腊语词根 pathos,即"忍受或经历"。意为"深受影响"的 empathes 在希腊语中并不是常用词汇。亚里士多德仅在其论文集《论梦》的第六部中使用过一次这个词语,以形容懦夫梦见敌人逼近时感受到的强烈恐惧。在英语中,empathy 是个新造词,由康奈尔大学的心理学家爱德华·布雷福德·铁钦纳(Edward Bradford Titchener)于 1909 年创造,作为德语词 einfühlung 的英文翻译。按照铁钦纳的说法,这种"深入感受"某事或某人的情感冲动是我们凭借外部事例(比如亚里士多德的懦夫之梦)解决自身心理冲突的一种策略。铁钦纳认为,同感能够治愈自我。

大卫·休谟也早已提出过这一点。1738 年,他在《人性论》(*Treatise on Human Nature*)中指出:"很显然,当我们与他人的激情或感受产生共鸣时,这种变化起初只以想法的形式在我们脑海中出现,被认为属于另一个人,与其他事实没有区别。同样显而易见的是,这些有关他人情感的想法转变成了他们所代表的印象,这些强烈的情感与我们构建的他人形象一致。"胡塞尔可能会补充道,这里的"他人"不一定是血肉之躯。

我的个人经历是偏向胡塞尔式的。自传的写作方式有很多:停留过的居处,至今记忆犹新的梦境,无法磨灭的深刻邂逅,或单纯按时间顺序清算。而我眼中的生活则是一张张翻动的书页。我把读过的书绘制成想象的地图,几乎每一段私人体验都能在其中找到定义,每一件重要的事情都能回溯至具体的字里行间。

时间和地点上都远之又远的书页涵盖了我们今日的所感所知。在我们自己的悲苦时代,被迫迁移的人们、满怀希望的难民、被冲刷到欧洲海岸上的寻求庇护的遇难者,都一一反映在试图回归故乡的奥德修斯这一人物身上。在墨西哥瓜达拉哈拉大学 1992 年的一项研究中,一位受访的移民工人如此描述他抵达美国时的经历:"北面就像是一片海,一个人在其中非法潜游时,就像是动物的尾巴或者垃圾一样被拖来拽去。我想象了一下大海把垃圾冲上岸的画面,告诉自己,或许那就是我在大海中的样子,一次又一次地被扔出去。"这也是奥德修斯在离开卡吕普索后的经历,他重新燃起回到伊萨卡的希望,却害怕最终只是徒劳。"说话间,一阵海浪吞没了他,仿佛一场剧烈的震怒,以至于木筏再次打旋,他被远远地冲下船去。他放开舵柄,风暴的力量太过强大,桅杆也已折断,船帆和杆子都掉落海中。很长一段时间里,奥德修斯都被淹没在水里,挣扎着想回到海面,可卡吕普索给他的衣服让他不断下沉。但他最终从波浪中探出头来,吐出从脸上流下的盐水。他没有让木筏离开视线,而是尽快地游向它并再次爬了上去。但大海不停旋转着木筏,就像是秋风在陆地上一圈圈旋转着蓟种子冠毛。"[1]

所有关于现实世界的感受——爱意、死亡、友谊、失去、感激、困惑、痛苦、恐惧——以及我个人的变化都来自我对书中虚构人物的理解,而不是通过观察自己在镜中的模糊面容或是他人眼中的映像。艾略特在《荒原》中写道:

> 而我将向你展现不同的东西
> 不是清晨在你身后阔步行走的影子
> 也不是傍晚起身与你相遇的影子;
> 而是一抔尘土中的恐惧。

---

[1] 出自荷马史诗《奥德赛》。

正如我所想。

记忆中最早向我呈现恐惧的那"一抔尘土"是格林童话里英俊的强盗新郎,他的未婚妻悄悄来到他的住处,发现他其实是一群杀人犯的头目。新娘躲在木桶后面,看着他未来的新郎和同伙把一个不停尖叫哭泣的姑娘拽进屋子。"他们给她灌酒,满满三杯,一杯白葡萄酒,一杯红葡萄酒,一杯黄葡萄酒,喝完她的心跳就停了。之后他们剥掉她华丽的衣服,把她放在桌上,将她美丽的身体剁成一块块的,还往上面撒盐。"当然,故事以这群罪犯的"可鄙行为"受到了惩罚结尾,但对我来说这不是结局。罗伯特·路易斯·史蒂文森[1]曾说,他总是梦见"一种棕色,在清醒时并不在意,却在噩梦中令人恐惧憎恶"。我在无数个夜晚被三种葡萄酒颜色的噩梦纠缠,它们的光线透过玻璃杯折射在那些被分解的肢体上。

我的父亲是外交官,所以童年时期的我总是居无定所。我睡觉的卧室、门外交谈的用语、周围的景色都一直在变换。只有我的小型图书馆始终如一,我还记得每当我再次躺在陌生的床上,打开书本,眼前仍是同

---

[1] Robert Louis Stevenson(1850—1894),英国小说家,代表作《金银岛》(*Treasure Island*)。

样的故事和插图，便会感到如释重负。我的家园就在这些故事之中，在我手上的书本中，也在纸上的词句里。当《柳林风声》[1]里的鼹鼠从大大的世界回到他小小的房子后，他看了一圈自己的房间，发现它是如此简朴却充满意义。读到这里的我感到一阵妒意，鼹鼠可以回到他的家，一个"完全属于他自己的地方，各种物品都很高兴再次见到他，每一样都永远欢迎他的回归"。

我的爱情则是在八岁那年降临的，那时我们回到了布宜诺斯艾利斯，我拥有了自己的房间，可以开始储存自己的藏书了。爱情差不多和恐惧同时到来，而且也是通过一篇格林童话——《真命甜心》("The True Sweetheart")。故事内容基本上是另一个版本的灰姑娘，只不过这对爱侣从一开始就知道他们属于彼此，并在渡过一系列魔法障碍后幸福地生活在了一起。那时我便确定，虽然我还不知道她长什么样子，但我的甜心一定在哪里等着我呢。之后的我进入青春期，开始了解情欲的意义，却害怕如果在彼时彼处表明自己的感受，那种直白会被视为有所冒犯甚至令人厌恶。是朱

---

[1] *The Wind in the Willows*，英国儿童文学作家肯尼斯·格雷厄姆（Kenneth Grahame）所著的以动物为主角的童话。

丽叶对罗密欧说的话让我不再故作矜持："如果你认为如此赢得我的爱情太过轻易,我会面露不悦,执拗地拒绝你,这样你就可以苦苦求爱;但除此之外,即便是放弃整个世界,我也不会拒绝你的。"我听从了朱丽叶的建议,不过事情的结果有所不同。

当我最终真正第一次陷入爱情,试图了解迷惘、满足、狂喜交织的感受时,吉卜林《基姆》里的最后一句话告诉了我答案,那是喇嘛对其弟子的态度:"他双手交叉放在膝盖上,面带微笑,一副已为自己和所爱之人求得救赎的模样。"当我神魂颠倒、盲目奉献时,也在玛格丽特·尤瑟纳尔[1]的东方寓言《王佛脱险记》里看到了自己的影子。王佛看见自己被斩首的弟子林出现在面前,便对他说道:"我以为你已经死了。"林回答道:"你还活着,我怎么会死去?"是啊,怎么会呢?

沙迪克·海达亚[2]的《盲猫头鹰》让我们明白,"在这一生之中,死亡之手始终指向我们"。感谢《盲猫头鹰》这样的故事,我至少觉得自己拥有了一本口袋指南,会在我触到那根手指时有所帮助。首先,我知道它

1　Marguerite Yourcenar(1903—1987),法国文学家,下文提到的作品原书名为 *Comment Wang-Fo fut sauvé*。

2　Sadegh Hedayat(1903—1951),伊朗作家,下文提到的作品原书名为 *The Blind Owl*。

会是一个动词,而非名词。在安德烈·马尔罗[1]的《皇家大道》中,叙述者在他深陷痛苦的朋友面前提到了死亡,对方的反应是极度愤怒:"根本……没有死亡……只有……我……我……这个将死之人。"托尔斯泰笔下的伊凡·伊里奇[2]这样描述接近终点时的感受:"他现在的状态就像是有时人们在铁路车厢中感受到的,当你以为自己在向后时,突然发现自己其实是在向前,于是你突然就找到了真正的方向。"我想我完全能理解他的意思。但是,如果我能选择自己的死亡方式,我会选择与普鲁斯特长篇小说中的作家贝尔格特一样:"哀悼日的整晚窗内都亮着灯光,他的书三本三本地放在一起,像展开翅膀的天使似的为他守夜,虽然他已不在,却仿佛昭示着他的归来。"[3]

在那些犹豫、苦恼、疑惑的时刻,稻草人在多萝西到达黑森林时提出的建议一直让我受益匪浅,尤其是其中蕴含的常理:"如果走这条路可以进去,那么一定也能从这条路出来。既然翡翠城就在路的尽头,我们

1　André Malraux(1901—1976),法国作家,下文提到的作品原书名为 *La voie royale*。
2　《伊凡·伊里奇之死》的主人公。
3　出自《追忆似水年华》。

无论如何都得走这条路。"[1] 确实如此。有时旅伴没有稻草人那么鼓舞人心,我便会想到胡安·鲁尔福[2]的《犬吠之声》中的老父亲,他背着自己受伤的儿子伊格纳西奥去往遥远的村落求医。伊格纳西奥不明白他应该鼓励自己精疲力竭的父亲,告诉他自己听到了来自村落的犬吠,即使他并没有听见。"你没听到吗,伊格纳西奥?"当他们终于抵达终点时,父亲对他说道:"你根本没有帮我去听。"

友谊、团结、关怀会让我们听见尚未出现的事物,但有的事物可能永远都不会出现。弗吉尼亚·伍尔芙在《到灯塔去》中描写过这种绝望,拉姆齐太太保证会带他六岁的儿子詹姆斯去灯塔,"如果明天天气好的话"。"但是,"他的父亲在画室的窗前站定,并说道,"明天不会是个好天气。"伍尔芙补充道:"如果手边有一把斧头、一根拨火棍,或者任何能在父亲胸口凿一个洞的武器,詹姆斯都会立刻拿起来杀了他。"我也常常会有詹姆斯这样的冲动,想要报复这个家长式的客观世界,像李尔王那样"做些事情——具体是什么,我还

---

[1] 出自《绿野仙踪》。
[2] Juan Rulfo(1917—1986),墨西哥作家,下文提到的作品原题为"¿No oyes ladrar los perros?"。

不确定:但它们会让这片土地心生恐惧"。

我想象中的朋友不仅能在爱情、死亡以及复仇这样的主题上给予我帮助,在我写作的过程中偶尔也能发挥作用。失去灵感时的我得到过的最佳指导来自哈丽雅特·范恩,多萝西·L.塞耶斯[1]的《俗丽之夜》中的侦探小说作家。身为贵族的侦探彼得·温西勋爵在上一部小说里从绞刑架上救下了范恩,并向她求婚,但她如何能与救命恩人开始一段正常的感情呢?在《俗丽之夜》里,哈丽雅特想要给温西写一封信,谈谈有关对方侄子的棘手问题,却把握不住适当的语气。在一次又一次的尝试与失败后,她最终自言自语道:"我到底怎么了?为什么我就不能用英文在既定主题下直接简单地写一段话呢?"接着她便坐定,按照自己说的那样做了。这番严词也一次又一次地敦促我完成了创作。

有时建议本身是好的,我却无法加以实践,比如在《爱丽丝梦游仙境》中,国王对白兔先生说:"从开头开始,一直往下直到最后,然后停下。"或者是《小妇人》里的乔把自己关在房间,穿上她的"写作服",按照她自己

---

[1] Dorothy L. Sayers(1924—1984),英国作家,下文提到的作品原书名为 *Gaudy Night*。

的说法"掉进漩涡",全身心地投入创作,"因为不完成这些她便不能平静下来"。我的创造力就很少能坚持这么久。

随着时间过去,我信仰上的基石也渐渐稳固清晰,也就是在吉卜林的《安拉之眼》中,修道院院长对灯饰绘者所说的话:"对于灵魂上的苦痛,除了上帝的恩泽外,还有一种灵药;那便是一个人的技艺、学识或其他有益的内在活动。"而我一直在与虚构的友人一起参与这些有益的活动。

在自传体巨著《父与子》[1]中,埃德蒙·戈斯写道,其父母是不允许虚构类作品进入他们严苛的加尔文派家庭的。"在我的幼年时期,从未有人向我说起那动人心弦的开场白'很久以前'。我只听过传教士的事迹,却没听过海盗的传说;我熟悉蜂鸟,却不认识精灵。我也不了解巨人克星杰克、侏儒怪或是罗宾汉,虽然知道什么是狼,但小红帽是让我连名字都感到陌生的存在。就我的'奉献礼'[2]而言,我只能认为我的父母错误地将虚构排除在我对事实的看法之外。他们希望我坦率真诚,我却变得武断多疑。如果他们能让我沉浸在奇想

---

[1] *Father and Son*,作者为下文的英国文学家 Edmund Gosse(1849—1928)。
[2] 奉献礼(dedication),与婴儿洗礼类似的基督教仪式。

幻象之中,我的内心可能不会那么快就对不加质询的循规蹈矩感到不满。"

而我们这一代人的童年便是沉浸在奇想幻象之中的,长袜子皮皮、匹诺曹、海盗桑德坎[1]、魔术师曼德雷[2]是我们的玩伴;如今的孩子们则应该是在与哈利·波特和他的同学做朋友,还有莫里斯·桑达克[3]笔下的野兽们。这些传说中的怪物无条件地忠实于我们,不会介意我们的弱点或失误。虽然现在的我已经没办法弯腰翻看最底层的书架,召唤我加入战斗的依然是桑德坎,曼德雷让我不得不向蠢货寻仇,皮皮则耐心地反复告诫我无需在意常规,相信自己的直觉,匹诺曹一直在问我为什么现实与蓝仙女说的不同,诚实善良并不意味着快乐。而我无论是在过去还是未来,都无法找到正确的答案。

---

[1] 同名动画片 *Sandokan* 中的主角,是一只老虎。
[2] 同名漫画 *Mandrake the Magician* 中的主角。
[3] Maurice Sendak(1928—2012),美国儿童文学作家及插画家,代表作为《野兽国》(*Where the Wild Things Are*)。

包法利先生

*

在两人之中,他地位较低,平庸更甚,缺少冲劲,乃至退居一种无名的状态,连福楼拜也不站在他这一边。他为艾玛的不忠提供了借口,尽管他也并未要求对方忠诚。他老实巴交地努力生活着,只求安稳,没有野心,更不期待任何惊喜。他确实缺乏魅力,没有人会倾心于他,我们也无法想象他在深夜爬上阳台或在林中雪地与人决斗的样子。不过,包法利先生绝对是个有必要的角色。不要忘了《包法利夫人》的开头和结尾都是他,而不是艾玛。如果没有他,艾玛便失去了意义,她不会成为一位多情的女主人公,不会了解什么才是激情与极乐。让我们明确一点:没有包法利先生,便也没有包法利夫人的悲惨命运。

查理·包法利也确实缺乏想象力。他淡漠无感的言行是黑白无光生活的必然结果。甚至在还是个孩子的时候他就有点书呆子气。在小说的前几页里,福楼拜将他描绘成一个笨拙胆怯的少年,在回答老师的问题时都说不出自己的名字。这样的他无法获得他人的信任或柔情。第一天上课,老师就让他抄写了二十遍"我真丢人"。他没有任何抱怨。后来,他的父亲决定让他去学医,他的母亲为他选择了住处。查理,也就是现在的包法利先生,总是将自己的决定权交予他人。

艺术上的真理与他的精神内核格格不入。艾玛喜欢的感伤主义虚构作品(他口中的"女性小说")对他来说毫无意义。在包法利先生看来,虚构就是不存在的。他在剧院里和艾玛一起观看歌剧《拉美莫尔的露契亚》[1],当看到埃德加向女主角激情表白时,他疑惑道:"可是这位先生为什么要骚扰她?""不,"艾玛不耐地答道,"他是她的情人。"查理仍然不理解。"闭上你的嘴!"艾玛直接驳斥道。他无辜地为自己辩护:"你知道的,我只是想要理解剧情。"艾玛无法让他明白,就像是观看歌剧一样,现实中的热恋激情是无法解释清楚的:有的人能感觉到,有的人永远被排除在外。在这些方面,包法利先生通常是那个局外人。

---

1 *Lucia di Lammermoor*,意大利作曲家葛塔诺·多尼采蒂(Gaetano Donizetti)的歌剧作品。

露契亚的悲剧和多尼采蒂的旋律令艾玛回忆起她的婚礼。与演员在舞台上表现出的狂热激情相比,那久远的几个小时的欢愉似乎是"想象出来的谎言,因为一切欲望皆无望"。这是个很有意思的现象:艾玛认为艺术创作并非源于我们的欲望,而是源于我们缺乏欲望。那么穷尽一生呈现(或试图呈现)其情色幻想的福楼拜呢?如果他相信他让艾玛所相信的,那我们读者应当相信什么?他自己的欲望还是他的艺术?毕竟,"包法利夫人就是我!"是福楼拜笔下最知名的句子。

文学作品主人公的配偶并不都是如此谦抑的。安德洛玛刻、克吕泰涅斯特拉、[1]麦克白夫人都是重要的角色,跟她们的伴侣一样鲜活、令人印象深刻,甚至胜于对方。当然,埃瑟巴斯(狄朵的丈夫)、唐娜·西蒙娜(埃尔·熙德[2]的妻子)、阿列克谢·亚历山大·卡列宁(安娜[3]的丈夫)的形象稍显模糊,但几乎没有人具有查理·包法利那样既不显眼又必不可少的平衡作用。

---

1 安德洛玛刻(Andromache)与克吕泰涅斯特拉(Clytemnestra)均为希腊神话人物,前者是赫克托耳的妻子,以钟爱丈夫著称,后者是阿伽门农(Agamemnon)的妻子,在情人的协助下杀死了自己的丈夫。
2 El Cid(1043—1099),西班牙卡斯蒂利亚军事领袖和民族英雄,他的故事主要见于12世纪西班牙史诗《熙德之歌》(*Cantar de Mio Cid*)。
3 指安娜·卡列尼娜。

激情、想象、创意、魅力——包法利先生可能都没有,但爱意除外。包法利先生爱他的妻子。在她死后,他绝不希望自己忘记对方,可日复一日,他挚爱的面容似乎逐渐暗淡,可怜的包法利先生悲痛欲绝。只有在梦中他才能看见她过去的模样:每一晚见到她时,他都会走向她,当他试图拥抱对方,艾玛却消解成腐烂的尸体。

艾玛死后不久,基于一种文学上的公正性,包法利先生也死在了公园的长椅上,也就是艾玛与情人幽会的那张长椅。在死之前,他原谅了妻子的情人,告诉对方他内心已无恨意,并大声说道:"都是命运的错!"这也是他的遗言。仿佛是一种身后羞辱,福楼拜故意让这个可悲的男人说出这句会让未来的丑角布瓦尔和佩库歇[1]都发笑的陈词滥调。

然而此处也有悖论。福楼拜如此明显地鄙视那些浪漫琐碎的文学作品,它们在极大的程度上取悦了艾玛,毫无疑问地构成了她的不幸,甚至成为包法利先生为她写下的墓志铭。艾玛墓碑上的文字是"amabilem conjugem calcas!":"你在践踏一位被深爱的妻子!"——既不感人也不有趣,只剩荒诞。虽然将我们

---

[1] Bouvard 和 Pécuchet,福楼拜未完成的长篇喜剧小说中的人物。

或悲或喜的生活怪罪于命运无疑是陈腐的,但这并不意味着这不是真理:永恒的、文学的以及——为什么不这样说呢?——无畏的真理。

小红帽

*

有些人物的名字体现了他们的肤色(白雪公主),有些体现了能力(超人)、体型(拇指姑娘),还有一些是他们的服装。一件血色的短斗篷定义了夏尔·佩罗[1]在十七世纪晚期创作出的角色:一位热爱冒险的女孩。她有一点纯真妖妇的味道,既有礼貌又有勇气,流露出微妙的吸引力,以至于查尔斯·狄更斯这样的成年人都承认自己曾视其为初恋。"我觉得如果自己能与小红帽结婚,"他坦白道,"便会了解什么才是完美的幸福。"

她的故事家喻户晓:母亲交给她的差事(为病中的外婆送去蛋糕和黄油),与狡猾野兽的会面(故事的关

---

[1] Charles Perrault(1628—1703),法国诗人、文学家,小红帽故事最早版本的整理者。

键所在),一路的各种干扰(捡橡子和追蝴蝶),外婆的悲惨命运(让人联想到约拿和杰佩托)[1],她对冒牌货的盘问和异装狼的回答,恶魔的真面目最终揭晓(一种民间故事中常见的教理问答)。

这则故事的前身其实隐匿在《散文埃达》[2]之中,后者于十三世纪的冰岛写就。故事讲述了邪神洛基必须向巨人索列姆解释为何他的未婚妻(正是雷神索尔伪装的)在某些方面不那么女性化。

"我从来没见过胃口这么大的新娘子。"在看到所谓的女士吞食了八条鲑鱼以及一整头牛之后,索列姆疑惑道。

"那是因为她太想见到你了,"洛基回答,"以至于八天都没吃任何东西。"

"为什么她的眼神这么恐怖?"索列姆注意到新娘面纱后那双锐利的雷电之眼。

"那也是因为她太想见到你了,"洛基再次答道,"以至于八晚都没有睡觉。"

---

[1] 约拿(Jonah),《圣经》中的先知,主动要求同船的人将其抛入海中以得平安,详情可见本书中《约拿》一章;杰佩托(Gepetto),制造匹诺曹的木匠。

[2] *Die Edda* (Prose Edda), "Das Thrymlied" (The Lay of Thrym), in *Die Isländersagas*, ed. Klaus Böld, Andreas Vollmer and Julia Zernack, 4 vols, (Frankfurt-am-Main: Fischer Verlag, 2011).——原注

我们的故事里充满了各种颠倒角色：在莎士比亚的作品中女扮男装是很常见的——罗莎琳德、波西亚、伊莫金、薇奥拉[1]——男扮女装也一样，福斯塔夫[2]曾假扮成女仆福特的胖姨母。哈克贝利·费恩会穿得像小姑娘，自称莎拉或玛丽；罗切斯特先生会扮成年迈的吉卜赛占卜师；《柳林风声》里的蟾蜍会装作洗衣服的老妇人：他们都通过了有关身份质疑的教理问答。

小红帽的信条与梭罗[3]一致：公民的不服从。她知道自己应该听从母亲独裁式的要求，但具体如何全看她的心情。从一点到另一点间的直线不是她追求的路径，循规蹈矩也不是她的风格。《麦田里的守望者》里的霍尔顿·考尔菲德会认同她。"我喜欢看到人们偏离正道，"他说道，"这才叫有趣。"因为小红帽偏离了正确的路径，所以她来到了森林，遇见了狼、伐木工，与奶奶一起历险。如果不是因为小红帽偏离了正道，故事便不会发生。

芝诺[4]认为运动是不可能发生的，因为如果想要从

---

1 分别出自《皆大欢喜》《威尼斯商人》《辛白林》《第十二夜》。
2 出自《亨利四世》。
3 Henry David Thoreau(1817—1862)，美国作家、哲学家，著有《论公民的不服从》(*Civil Disobedience*)。
4 Zeno(约前490—前425)，古希腊数学家、哲学家。

既定的地点来到下一个地点,我们必须到达两点之间的中点,而想要到达那样的中点,又必须到达起点和中点之间的中点,以此类推,无穷无尽。小红帽证明芝诺的看法是错误的。运动之所以可能,正是因为以下这些中点的存在:风景中熟透的浆果、丰盛的橡子、随手可摘的花朵。甚至狼的出现也仅仅是她与外婆家(她最终总会到达)之间的又一个中点罢了,因为这个叛逆的女孩(不听从母亲的规定,也不服从前苏格拉底的法则)是按照自己的意志选择她所停留的中点的。小红帽代表了个人的自由,这可能也是为什么法国的革命象征玛丽安娜披着与她颜色一样的斗篷吧。

小红帽的故事在每个叙述者口中都稍有不同。在佩罗的笔下,她的结局是被狼吞食。之后的版本则更具同情心,引入了伐木工这个英雄,他在最后一刻出现,从狼嘴里救下女孩,又用类似剖腹产的方式救出了外婆。佩罗没有描写小红帽与假外婆一起躺在床上的场景,但在故事结尾的寓意中写明了佩罗心中的狼的形象。"不是所有狼都是一样的,"他写道,"有的狼很狡猾,不会宣扬他们的意图,不易怒也不恶毒,谨慎自信又作风端正,跟随年轻女士的脚步来到她们的房前,甚至是床前。但是,当心!谁能想到这些说着甜言蜜语的狼才是所有狼中最危险的呢?"

狼的这种诡计比我们想象的更常见。与佩罗同一时代的德舒瓦西神父[1]就因其不知廉耻的行为而声名狼藉。他在回忆录中讲述道,他在童年时期就喜欢穿女性的衣服。异装后的他在布尔日[2]度假时,遇到了一位佳隆夫人,对方的小女儿长得非常漂亮。某天晚上,佳隆夫人提议让客人与自己的女儿睡同一张床。穿着褶边睡袍、头戴缎带睡帽的神父欣然同意。没过一会儿,女孩大喊出声:"哎呀!真舒服!""孩子,你还没睡吗?"听到声音的母亲询问道。"我只是刚上床的时候有点冷,"女孩机智地反应道,"但现在我暖和了,非常非常满足。"

这便是这位神父的恶作剧,而百年后,萨德侯爵[3]也发现小红帽的故事可以有不同的理解。"为了逮到他的猎物,狼会不择手段。"这是他在查伦顿疯人院的病房中写下的警言。如果这是真的——如果无论小红

---

1 Abbot of Choisy(1644—1724),本名为 François-Timoléon de Choisy,著有《德舒瓦西神父的异装回忆录》(*The Transvestite Memoirs of the Abbe de Choisy*)。

2 Bourge,法国中部城市。

3 Marquis de Sade(1740—1814),法国情色作家,曾因性犯罪入狱,在巴士底狱被攻破后被转入精神病院。下文提到的两部作品原题为 *La Nouvelle Justine ou les Malheurs de la vertu* 以及 *Histoire de Juliette, ou les Prospérités du vice*。

帽怎么做,最终都会躺在狼的床上,她仍然有两个办法逃脱。一是适应自己的受害者身份(即萨德的《瑞斯丁娜,或喻美德的不幸》的主旨),二是成为自己命运的情妇(也就是萨德的《于丽埃特,或喻邪恶的喜乐》所说的)。

这两种方法都为后人所运用。前者的例子有大仲马的茶花女、加尔多斯[1]的玛丽亚奈拉、狄更斯的小杜丽,后者则有萧伯纳的华伦夫人、纳博科夫的洛丽塔、巴尔加斯·略萨的坏女孩。而小红帽则两者兼具。被引诱的引诱者,世俗又天真,她在林中漫步,自由自在,不惧虚伪的狼。

---

[1] Benito Pérez Galdós(1843—1920),19世纪西班牙现实主义小说家,被认为是仅次于塞万提斯的西班牙小说家。下文提到的人物出自其同名作品 *Marianela*。

德古拉

*

十五世纪时,某位名叫弗拉德·德古里斯缇的瓦拉几亚王子[1]一度统治过现属罗马尼亚的部分领土,他的作风十分残暴,臣民称之为穿刺王弗拉德,暗指其最爱的酷刑。尽管他手下的受害者繁多(数以万计),他将自己的快乐建立在他人的痛苦之上(他宣称比起梅汁烤鸭,人血的气味能给他更多滋养),弗拉德·德古里斯缇似乎仍不能与他的某些前人或来者相提并论:比如希律王[2]与尼禄,波尔布特[3]与斯大林。不过,正是这位嗜血的王子,这位奥斯曼帝国的敌人,被缪斯女神赋予了文学的命运。

1897年,当时身为著名演员亨利·艾尔文(Henry

---

1 Vlad Draculesti,德古拉的原型;Wallachia,曾位于欧洲东南部的公国。
2 Herod(前73—前4),罗马帝国犹太行省耶路撒冷的代理王。
3 Pol Pot(1925—1998),原柬埔寨共产党(红色高棉)总书记。

Irving)的秘书及巡演经纪人的爱尔兰人布莱姆·斯托克(Bram Stoker),受其同胞雪利登·拉·芬努[1]所创作的吸血鬼故事启发,出版了一部主人公为维多利亚时代的瓦拉几亚王子的恐怖小说,其手段也从穿刺改为咬人。蛮横专制的德古里斯缇变身为匈牙利国籍,名字简化为前三个音节,自斯托克所在的时代起,便有着最哥特式的恐怖元素:鲜血、坟墓、夜晚、寒冷、蝙蝠、尖牙以及黑色斗篷,尤其是鲜血。

斯托克为德古拉创作的故事在各种意义上都血腥至极。这位古代伯爵的血管内流淌着贵族的血液,作为嗜血的生物必须夜夜喝下鲜血,吸血鬼的撒旦仪式隐晦地嘲弄流血的救世主,还有诞生于工业革命的中产阶级平民血液催生的政治力量。并且在人体结构图中,皮下血管通往外部世界的出口——泉水之眼、生命阀门、高潮的回声室——是位于颈部的。

德古拉的故事就是有关脖颈的故事。颈部即斯托克发展剧情的舞台:身穿半透明睡裙梦游的女性的颈部,满怀豪情地反抗伯爵的人的颈部,追随者勇敢露出的颈部,无辜受害者的纯洁颈部。脖颈的吸引力究竟

---

[1] Sheridan Le Fanu(1814—1873),爱尔兰恐怖小说作家,代表作为《女吸血鬼卡蜜拉》(*Carmilla*)。

在何处？莎士比亚的同时代人莫里斯·塞弗[1]认为造物主为了不让美丽局限于面部这一"小小领域"，便将它延展至乳白色的颈部，也就是塞弗所说的"一种分支，圣坛的一根支柱，盛放维纳斯信笺的诵经台，贞洁的高脚衣柜"。

但人体的各种部位零零碎碎，为何这一部分，这条从躯干到头颅的必经之路会吸引引诱者的嘴唇、刺客的双手、行刑者的斧头、怪兽的尖牙呢？这个脆弱敏感的部位裸露在外，为何能够汇聚色情暴力的热度，或只是纯粹的暴力？也许是因为相比身体其他部分，那处的皮肤几乎无法遮掩静脉网络和暗藏的动脉，而吸血鬼就像是奇异又隐蔽的世界里的探险家，抱着发现地下王国的好奇心，希望借此抵达我们内心的本质，大胆地摸索进入神秘的灌木丛，纠缠不清，黑暗禁忌。与我们所有人一样，德古拉伯爵清楚自己终有一死，所以才会探寻生命的源头。

现在，青春期的梦境都笼罩在阴郁伯爵的阴影下，因为在童年到成年的转变阶段，青少年对长者的不耻行为既渴望又恐惧。这片阴影同样笼罩着老年人的梦

---

[1] Maurice Scève（约1501—约1560），法国诗人。[引文出自其诗歌《脖颈》（"La gorge"）。——原注]

境,因为在生命的终点,我们渴求无法重现的事物:紧致的皮肤、双唇的温暖、热血的脉动。让·德·梅恩[1]在其描写玫瑰的长诗中写道,青春之泉是由血而不是水汇聚而成的。

鲜血使徒,暗夜勋爵,私密睡房的入侵者,尽管命中注定与坟墓为伍,德古拉伯爵却不会消逝。破除这种封锁的方式有范海辛博士[2]的无用伎俩、小说作者裁定的结局、十字架和大蒜、假装自己不畏惧他的戏仿与讽刺,以及否认其存在的严谨科学法则。即便如此,德古拉伯爵仍旧一次又一次地归来。小说家和电影人加诸其身的各种化名——无论是安妮·赖斯[3]与斯蒂芬妮·梅耶[4]笔下的全新冒险故事,还是马克斯·冯·施雷克、贝拉·卢戈西、汤姆·克鲁斯[5]为他增添的各种特征——都无法阻挡。我们必须承认,在这个索然无味的年代,德古拉伯爵已然成为我们必不可少的怪物朋友。

---

1 Jean de Meung(约1240—约1305),法国诗人,文中所提到的长诗为《玫瑰传奇》(*Roman de la rose*)。
2 Dr. Van Helsing,小说《德古拉》中的吸血鬼猎人。
3 Anne Rice(1941—   ),美国恐怖小说与情欲小说作家,代表作《夜访吸血鬼》(*Interview with the Vampire*)
4 Stephenie Meyer(1973—   ),《暮光之城》(*Twilight*)系列小说作者。
5 分别为饰演过吸血鬼的德国演员、匈牙利演员和美国演员。

爱丽丝

*

在照亮我们文学史的所有奇迹中,没有多少人物比爱丽丝更加耀眼。1862年7月4日下午,牧师查尔斯·路特维希·道奇森(Charles Lutwidge Dodgson)在友人的陪伴下带着基督教堂学院院长利德尔博士的三个小女儿在牛津附近共游泰晤士河,船程三英里。女孩们想听故事,道奇森牧师便以他最喜欢的朋友——七岁的爱丽丝为主角即兴创作了一个。"有时候为了逗我们,"爱丽丝·利德尔(Alice Liddell)多年后回忆道,"道奇森先生会突然停下,然后说:'且听下回分解。'接着我们三个会大喊:'啊!但现在就是下一回!'再劝他半天,故事又会重新开始。"回程后,爱丽丝拜托道奇森为她写下这个故事。他答应尝试,最后几乎通宵完成手稿,并起名为《爱丽丝的地下世界探险记》。三年后,也就是1865年,这则故事由伦敦的麦克米伦出版社出版,作者的笔名为"刘易斯·卡罗尔",书名改为《爱丽丝梦游仙境》。

爱丽丝的探险故事是在一段行进的旅途中完成的,这一点真是令人难以置信。爱丽丝的坠落和探索,她的遭遇与发现,那些三段论、双关语还有机智的玩笑话,所有奇妙而连贯的剧情发展都是当场讲述出来的,这本身就像是一种奇迹。不过,没有奇迹是完全无法解释的,也许爱丽丝故事的根基比其诞生的背景更加深远。

我们不会像阅读一般的儿童文学那样看待爱丽丝系列故事。其中的地理信息与某些神秘地点(比如乌托邦或阿卡迪亚[1])一样具有广泛的影响。在《神曲》里,炼狱山顶上的守护神向但丁解释道,诗人吟诵的黄金时代是失乐园的潜意识记忆,是完美幸福的消失状态。那么仙境也许就是完美理性的潜意识记忆,而这种状态在传统社会文化的眼中却是极度的疯狂。任何跟随爱丽丝掉入兔子洞、走过红皇后的迷宫王国、穿越镜子的人都不会是第一次这么做。只有利德尔姐妹可以说是见证了创造的过程,但即便是那时,她们也一定

---

[1] Arkadia,位于希腊伯奔尼撒半岛,传说中的世界中心,可引申为"世外桃源"之意。

会有似曾相识的感觉:自那一天起,仙境和象棋王国便进入了所有的图书馆,就像伊甸园一样,无需涉足也能确定它的存在。爱丽丝去过的地方是我们梦想人生中不断重现的风景(虽然它们不在任何地图上。梅尔维尔说过,"真实的地点都不在地图上"[1])。

因为爱丽丝的世界无疑就是我们的世界:不是抽象的象征语汇,不是精心策划的寓言,也不是反乌托邦的传说。仙境就是我们每天得以找到自我的疯狂场所,照例有天堂、地狱、炼狱,是漫游在生活之中的我们必须漫游的地方。爱丽丝(与我们一样)全程只有一件武器防身:语言。是语言让我们穿过了柴郡猫的森林和红心王后的槌球场。是语言让爱丽丝发现事物本质与表面的不同之处。是她提出的问题让疯狂的仙境浮现,而在我们的世界里,仙境却被隐藏在保守传统的薄衣之下。我们可能会试着在疯狂中找寻逻辑,就像公爵夫人那样借万事总结出教义,无论多么荒谬,但事实就像柴郡猫对爱丽丝所说的那样,我们并没有任何选择的余地:不管我们走哪一条路,都会发现自己身处疯狂的人群中,而我们必须尽可能地用语言紧紧抓住我

---

1 出自美国作家赫尔曼·梅尔维尔(Herman Melville)的小说《白鲸》(*Moby Dick*)。

们视为理智的东西。言词向爱丽丝(以及我们)揭示了这个迷惑世界唯一不争的事实,那便是在表面的理性之下我们都是疯子。我们会像爱丽丝那样,流下的眼泪差点把自己和其他人淹死。我们会像渡渡鸟那样认为无论我们朝哪个方向奔跑,无论跑得多慢,我们都是赢家,都应该获得奖赏。我们会像白兔先生那样处处发号施令,仿佛他人理应(且有幸)为我们服务。我们会像毛毛虫那样质疑同伴的身份,却对自己一无所知,甚至即将失去自我。我们会像公爵夫人那样坚信年轻人的恼人行为应该受到惩罚,但对行为背后的原因毫无兴趣。我们会像疯帽子那样觉得只有自己有权享受长桌上多人份的美食,我们讽刺地为饥渴的人们提供酒水,其实除了今天,没有一天有红酒和果酱。在红心王后那样的暴君的统治下,我们不得不使用有限的工具进行疯狂的游戏——像刺猬一样翻滚的球以及像火烈鸟一样乱转的球棍,而当我们不能遵循指示时,会被威胁砍掉脑袋。我们的教育方法就像鹰头狮和素甲鱼向爱丽丝解释的那样,不是怀旧式的练习(微笑与悲伤的教学)就是为他人服务的培训(如何与龙虾一起被扔进海里)。早在卡夫卡指出之前[1],我们的司法系统就

---

[1] 应指卡夫卡所著小说《审判》(*Der Prozeß*)。

像审判红心骑士的法庭一样,令人费解又丧失公正。然而,几乎无人会有爱丽丝那样的勇气,在第一本书的最后,(真的)起身坚持自己的信念,拒绝保持沉默。正因这种崇高的公民抗命行为,爱丽丝被允许从梦境中醒来。而我们,当然不能。

同样身为远行者的我们在爱丽丝的旅途中发现了自己生活中始终存在的主题:追求梦想却又失去,随之而来的泪水与痛苦,为了生存而竞争,被迫任人差遣,迷失自我的梦魇,家庭破裂带来的影响,屈服于荒谬的仲裁,权力的滥用,误导性的教学,对逃脱惩罚的罪行与不公正的惩罚缺乏了解,以及长期以来理性与非理性的斗争。以上一切,再加上无所不在的疯狂氛围,就是爱丽丝系列故事的梗概。

"若要定义真实的疯狂,"《哈姆雷特》中写道,"除了疯狂还能是什么?"爱丽丝会表示赞同:疯狂就是将一切不疯狂的事物排除在外,因此仙境中的所有人都符合柴郡猫的名言[1]。但爱丽丝不是哈姆雷特。她的梦不是噩梦,她从不自怨自艾,不会自视为冥冥之中的正义之手,绝不执着于证明显而易见的事实,而是坚信应该立即采取行动。语言对爱丽丝来说并不仅仅是语

---

[1] 即"We're all mad here"(我们全都疯了)。

言,更是活物,而思考不会改善也不会恶化事物。她当然不希望自己的身躯融化,也不希望它膨胀或收缩(尽管为了穿过狭小的花园门口,她会许愿自己能"像个望远镜里的小人")。她绝不会丧命于有毒的刀刃或像哈姆雷特的母亲一样饮下毒酒:当她拿起写有"喝掉我"的瓶子时,会首先查看瓶身有无毒药的标记,"因为她听说过很多难忘的小故事,孩子被烧伤,被野兽吃掉,还有其他令人不舒服的事情,只是因为他们忘记了同伴的教训"。爱丽丝比丹麦王子更具理性。

不过,挤在白兔先生的房间里动弹不得的爱丽丝一定也像哈姆雷特一样想象过,如果自己不是被束缚在果壳之中,而是注定成为无限宇宙的国王[1](或女王),那么她的态度将不仅仅是从容不迫:她会努力争取,比如在《镜中奇遇记》里赢得梦中的皇冠。爱丽丝从小所受的教育是严格的维多利亚式戒律,而非宽松的伊丽莎白式准则,[2] 她相信的是原则与传统,不会在抱怨和拖延上浪费时间。在她的旅程中,爱丽丝与所有受过良好教育的孩子一样,以简单的逻辑去面对不

---

1 原句出自《哈姆雷特》:"I could be bounded in a nutshell, and count myself a king of infinite space."
2 维多利亚时代(1837—1901)即《爱丽丝》系列的创作背景,伊丽莎白时代(1558—1603)即《哈姆雷特》的创作背景。

理智的行为。常规（现实的人为构造）与幻想（自然存在的现实）相悖。爱丽丝自知逻辑是我们将意义赋予胡言乱语并揭示其秘密法则的方法,她毫不留情地加以运用,包括在长辈和上级面前,无论是面对公爵夫人还是疯帽子。如果争论失去意义,她仍会坚持证明现状的不公与荒谬不言而喻。当红心王后要求法庭"先判刑——再裁决"时,爱丽丝立刻反驳道:"胡说八道!"我们世界里的大多数谬论都只配得到这样的反驳。

虽然我们的世界就像仙境一样有着明显的疯狂之处,但也隐隐约约透露出某种意义,而如果我们尽力看透那些"胡说八道",会发现一切都能得到解释。爱丽丝的冒险充满了不可思议的精确度和连贯性,所以作为读者的我们会越发觉得这些毫无意义的事物难以理解。整部小说就像是禅宗心印或是古希腊的悖论,意义深刻却又令人费解,游离在启示的边缘。我们跟随爱丽丝掉入兔子洞,与她一同踏上旅途,会发现仙境的疯狂并不随意任性也不纯真无邪。刘易斯·卡罗尔的创作一半是史诗一半是梦境,在僵硬的土地与奇幻的境界之间为我们打造了一处必要的空间,我们可以在这个有利的地点以几近透彻的眼光观察整个宇宙,原原本本地将之转化成一段故事。与令道奇森牧师着迷的数学公式一样,爱丽丝的探险既是确凿的事实也是崇高的创造。它同时存在于两个层面:一方面让我们立足于血肉筑成的现实,另一方面让我们重新思考甚至改变现实。就像是栖息在枝头的柴郡猫,在迷惑人心的可见物与不可思议(又令人安心)的一缕微笑之间飘忽不定。

浮士德

*

浮士德博士是位老人,浮士德博士怀念着过去。后者是由前者导致的:年轻人渴望的是未来的时间,绝不会是曾经。博士想要找回他失去的东西,或他认为自己在遥远的青年时期失去的东西。这是克里斯托弗·马洛 1604 年的构想,两个世纪后,歌德又进行了更深入的创作。[1] 浮士德既想拥有长者的阅历,又想享受青春的热情,即其助手瓦格纳所说的"启蒙",一种双重的奇迹。"甜蜜时光,永不消逝!"歌德笔下的浮士德如此乞求着这种奇迹般的结合。在浮士德看来,人类科学不足以令其获得这种情欲与智慧的启蒙,他转而寻求超自然存在的帮助。然后,正如故事里所说的,梅

---

[1] 前者指英国剧作家 Christopher Marlowe 所著的《浮士德博士的悲剧》(*The Tragical History of Doctor Faustus*),后者指歌德所著的《浮士德》(*Faust*),均取材于德国民间传说。

菲斯托费勒斯登场了。

梅菲斯托费勒斯(歌德诗剧里的魔鬼)将自己定义为失败者,试图作恶但总是为善,这令他懊丧不已。他想要达到绝对的邪恶,却一直受到某些事或某些人的阻碍,他恶毒的阴谋诡计也无法产生预期的效果。这样的梅菲斯托费勒斯十分耐人寻味。我们会认为恶魔几近所向披靡,是日常生活中大大小小各种悲剧的罪魁祸首,是人类历史上那些恐惧与恶行的源头。然而对知情者梅菲斯托费勒斯来说,并非如此。尽管我们受尽苦难,最终取得胜利的似乎仍是善意。梅菲斯托费勒斯就像芭芭拉·卡特兰[1]一样,相信无论自己意欲何为,万事皆有善终,而这种看法确实具有令人意外的正确性。尽管在马洛所著的《浮士德博士的悲剧》里,地狱之火吞噬了贪婪的博士(这个懦夫为了获救,自愿焚毁藏书,似将野心归咎于这些无辜的物品),但歌德的《浮士德》的第一部以浮士德引诱的年轻女性格雷琴的救赎结尾,第二部的结尾则是罪恶博士的自我救赎。梅菲斯托费勒斯之所以未能实现那些恶意,也许是受其自身的恶名所累。"从英雄到常人,从常人到政客,从政客到特工,再到透过窗户窥视卧室或浴室的东西,

---

[1] Barbara Cartland(1901—2000),英国言情小说作家。

然后是蟾蜍,最后沦为蛇——这便是撒旦形成的过程。"C. S. 刘易斯在为弥尔顿的《失乐园》"作序"时这么写道。[1]

博士的形象却是经久不衰。这也是为什么托马斯·曼将浮士德化名为阿德里安·莱韦屈恩,让他再一次接受那恐怖又虚妄的契约。[2] 马克斯·比尔博姆通过描绘一位失意的诗人伊诺克·索姆斯,从英式讽刺的角度看待这一悲剧。[3] 阿根廷诗人埃斯塔尼斯劳·德尔·坎波在欣赏完古诺作曲的歌剧后,以一个高乔人的口吻讲述刚刚在舞台上演过的故事。[4] 在斯大林的恐怖统治时期,米哈伊尔·布尔加科夫创作了俄国版的魔鬼条约,更加黑暗的《大师与玛格丽特》[5]。故事最早的版本之一是成书于 1587 年的匿名作品《浮士德博士的故事》。随后便是数不胜数的改编,包括歌

---

[1] C. S. Lewis(1898—1963),英国文学家,著有文学评论《〈失乐园〉序论》(*A Preface to "Paradise Lost"*)。

[2] 指德国作家 Thomas Mann(1875—1955)所著的《浮士德博士》(*Doktor Faustus*),主角是名为 Adrian Leverkühn 的作曲家。

[3] 指英国作家 Max Beerbohm(1872—1956)所著的《七个人》(*Seven Men*),"Enoch Soames"为其中的一篇故事。

[4] 指 Estanislao del Campo (1834—1880)所著的《浮士德》(*Fausto*);歌剧指法国作曲家 Charles Gounod(1818—1893)改编自歌德诗剧的同名创作;高乔人(Gaocho)是拉丁美洲的一个民族。

[5] 作品原题为 *мастер и маргарита*。

德年幼时看过的那出木偶剧——那必然是他长大后的噩梦。

在过去的几百年里,灵魂的交易被视为惊天动地的行径,对梅菲斯托费勒斯来说,无论是不是赢家,一切并不复杂。如今,灵魂的声望大大降低,我们每天都在为了管道合同或者参议院席位这样的小玩意出卖灵魂,梅菲斯托费勒斯的任务也变得更加艰巨。用灵魂交换某件东西是将这件东西的价值借贷给灵魂,而梅菲斯托费勒斯(天生就是放高利贷的)当然想要收到高价的抵押。由于现在的浮士德们追求的不是知识或爱情,而是经济收益、真人秀的邀请函以及聚光灯下的名声,梅菲斯托费勒斯不得不付出较之以往十倍的努力积攒灵魂,才能达到得以盈利的数量。

乔特鲁德

*

她心想,这孩子遇到麻烦了。他不再是一个乖戾暴躁、不怀好意、目无尊长、"体胖气急"的青少年,他现在是一个乖戾暴躁、不怀好意、目无尊长、"体胖气急"的成年人。身为母亲的她虽然难以接受,但也觉得自己的儿子不大对劲。他在孩童时期就喜欢和想象中的朋友一起玩耍,如今更是会看见幽灵,满脑子都是阴谋诡计。也许他是厌倦了宫廷里的生活(这在每年有六个月睡眠时间的丹麦再正常不过)[1],于是决定书写自己的冒险故事。也许他是习惯了德国大学里的那些哲学玩笑和泡沫啤酒。他的问题是想得太多。他需要多出去走走,运动一下,狩猎海豹或是在埃尔西诺游一次冬泳,跟同龄的男孩子一起追求其他女孩子。可怜的

---

[1] 丹麦纬度高,昼短夜长的现象会持续半年。

奥菲莉娅被他左一句"可以"右一句"不行"的反复犹疑逼到发疯,波洛涅斯也不得不去试探王子真正的意图——毕竟作为父亲的他有义务这么做。他只有在同龄人身边时才显得快乐(嗯,"快乐"这个词有点夸张了——换成"不那么阴郁"吧),比如霍雷肖那帮人,以及罗森格兰兹与吉尔登斯吞这两位衣冠楚楚、仪表堂堂的同学,按照哈姆雷特的说法,他们就像阿喀琉斯和帕特洛克罗斯[1]那样形影不离。除此之外,还有跟扮女装的演员们一起在宫殿的宴会厅上演前卫戏剧的时候。也许他是个同性恋。这便能够解释他那莫名其妙的"是或不是"[2]。乔特鲁德也希望他能够下定决心。得了吧,埃尔西诺宫廷内不会只有他一个人喜欢同性。

做母亲从来都是件难事,但自己的独生子总是自怨自艾,乔特鲁德有时也想在某个温暖明媚的地方享受一段长长的假期。她会想:为什么她总是因为这些忧郁烦躁的男人感到负担?她的亡夫每天早上醒来都面色苍白满腹牢骚,每晚就寝前又深深叹息,"表情悲伤大于愤怒"——霍雷肖斟酌后的原话。一个郁郁寡欢的人。她的第二任丈夫克劳狄斯又如何呢?哈姆雷

---

[1] Patroclus,希腊神话中阿喀琉斯的挚友,也有恋人一说。
[2] 即哈姆雷特的经典独白"To be or not to be"。

特(当然是带有偏见地)称其为蟾蜍、蝙蝠,一只在"油腻床榻"上滚来滚去,"堕落腐烂"的公猫。与此同时,哈姆雷特似将这株"霉烂的禾穗"比作了什么花花公子,是能让海伦的丈夫墨涅拉奥斯起杀意的人[1](乔特鲁德需要一句解释)。克劳狄斯是花花公子?没开玩笑吗?

然后是哈姆雷特本人。

没有人敢于问出这个问题:乔特鲁德真的想成为一位母亲吗?也许她更像是麦克白夫人,只想把自己的乳头从婴儿没牙的嘴里拔出来,再揍得他脑袋开花;或者像是美狄亚[2],为了报复丈夫,可以毫不犹豫地刺死自己的两个孩子;又或是莎拉·珍妮特·邓肯[3]的《印度母亲》的女主角,认为女性具有生育义务是由男性倡导的观念,她是这么说的:"男性很难改变他们对女性的看法。我觉得他们对母子关系的执念是最深的。"在易卜生的《玩偶之家》中,娜拉的丈夫托尔瓦的观点则是"每一个人生初期就步入歧途的人几乎都有一位虚伪的母亲"。那么,哈姆雷特那些可憎的行为是

---

[1] 指诱惑海伦的特洛伊王子帕里斯(Paris)。
[2] Medea,希腊神话中会施法术的公主。
[3] Sarah Jeannette Duncan(1861—1922),加拿大作家,下文的作品原题为 *A Mother in India*。

否应当全部归咎于乔特鲁德呢?

乔特鲁德又是谁?

我们并不清楚。她的确是国王的女儿,也是国王的妻子,最终注定成为国王的母亲乃至祖母(如果哈姆雷特没有死去的话)。乔特鲁德缺乏的是独立自主的定位。她的角色依附于他人,从属于他人而存在。哈姆雷特为了让克劳狄斯认罪,上演了一出充满隐喻的舞台剧,名为《捕鼠器》,恐惧之下的克劳狄斯(或者只是厌烦了这种实验性的表演)叫停了演出,而这时的我们一点也不了解乔特鲁德的内心活动,只能看出她对克劳狄斯的关心。

但乔特鲁德内心一定会有的想法是什么——不是看到假想犯罪的愚蠢再演的想法,而是发现蒙在鼓里的儿子对自己的看法之后?哈姆雷特的梦想生活与现实生活交织,而乔特鲁德永远与现实生活捆绑在一起。这否定了她在埃尔西诺枯燥无聊的日日夜夜里的漫长忍耐,否定了她为了战胜自己的性别和地位带来的不公所付出的努力,剥夺了她苦难人生中所有微小的满足,更剥夺了她往后每一刻的希望与慰藉。约翰·洛克[1]将自我(可以说是乔特鲁德的自我)定义为黑暗空

---

[1] John Locke(1632—1704),英国哲学家。

旷的房间,现实仅从墙上的一个针孔进入。而乔特鲁德的自我连那个针孔都没有。

乔特鲁德希望事情可以有所转机,她无需再承担那些责任,游戏的规则能够改变。当哈姆雷特杀死的人越来越多(乔特鲁德的结论是"祸不单行"),她不想再看到无辜的人死去,也不想再发现更多可疑的刽子手,甚至产生了类似羡慕的情绪。这便是为什么在最后一刻,克劳狄斯求她别饮下那杯已知的毒酒,乔特鲁德却坚持这样做:"我会喝的,陛下,请您原谅。"这句"请您原谅"是剧本中最动人的台词之一,但遗憾的是,伴随着接连扑通倒下的尸体和大吼大叫的浮夸遗言,这样的恳求几不可闻。只有在一切结束之后,空中才回荡着她那具有讽刺意味的告别,缥缈诡谲,久久不散。因为毋庸置疑,在埃尔西诺的幽灵城堡中,乔特鲁德的灵魂是唯一的真实。

超 人

*

我初识超人是在1960年。那一年,十二岁的我跟着奶奶去了巴尔的摩度假半年。在那里,我接触到了很多神奇的东西:香肠三明治,刚好可以用来制作万圣节面具的方底牛皮纸袋,街角药店里摆着成人读物的袖珍书架,卡通包装花里胡哨的火箭筒泡泡糖,波利斯·卡洛夫[1]出演的夜间电视节目,舅爷爷领着我稀里糊涂逛了一上午的巴尔的摩证券交易所。但最令我感到快乐的还是美式漫画里的那些角色:蝙蝠侠与其挚友罗宾,小露露和胖托比[2],《魔界奇谭》[3]里骇人的疯

---

1 Boris Karloff(1887—1969),英国男演员,以恐怖角色著称。
2 马乔里·亨德森·比尔(Marjorie Henderson Buell)创作的漫画《小露露》(*Little Lulu*)里的主要角色。
3 娱乐漫画(EC Comics)于1950年创办的恐怖漫画期刊 *Tales of the Crypt*。

狂科学家,神奇女侠和她的高筒靴、银套索。当然还有钢铁之躯超人,以及他的女友露易丝·莱恩、伙伴吉米·奥尔森,以及宿敌莱克斯·卢瑟。

在阿根廷,我们能看到这些漫画书在墨西哥出版的西语版本,也就是所谓的墨西哥杂志。由于书里的角色太过异域,比起我们自己的国产人物,比如超级印第安人帕托罗祖,或者是从遥远的未来穿越到布宜诺斯艾利斯的永恒者,其实并没有什么竞争力。但这些来自神秘北方、着装五颜六色的异国使者的确具有吸引人心的力量。

超人让我感到亲切。当然不是因为他的超能力,而是因为他身不由己的孤独与疏离感。母星面临毁灭,亲生父母将他送往太空避难,之后被一对农场夫妇收养,在基本公民美德的教育下长大,成年后不得不过着双重生活,一面是瑟缩的报社记者,一面是神秘的超级英雄。这样的超人会让我想起一位缺乏自信的少年,他对文学有着超乎寻常的热爱,又因此隐隐感到羞愧。

我们很久以前就开始乐此不疲地创作各式各样的超人类。吉尔伽美什的一生挚友恩奇都强壮到可以杀死伊什塔尔的野牛;赫拉克勒斯能完成十二项看似不可能的任务;诺亚的曾孙宁录是"上帝面前的英勇猎户",他带头建造了巴别塔以反抗天堂里的上帝意志;弥尔顿笔下的参孙"被挖去双眼,在加沙做苦役",神力恢复后的他拉倒了达贡庙的立柱,可能是史上第一位用自杀式袭击与拘禁者同归于尽的人;伐木巨人保罗·班扬带着他蓝色的宠物公牛贝贝在美国中西部游荡,据说他高达七英尺,一步能跨出三码地。[1]

二十世纪初期,萧伯纳也根据唐璜的故事创作过一版超人。[2] "我们必须培养自己的政治素养,"萧伯纳在前言中写道,"否则会被民主毁灭,这是过去那些失败的替代方案告诉我们的。且如果专制仅仅因为缺乏一位既有能力又有仁心的君主而失败,那么民主又有什么机会?毕竟后者还要求全体选民都具备能力呢。"与萧伯纳亦敌亦友的 G. K. 切斯特顿则在超人身上发现了更深层次的真相:一种非人类超自然的脆弱。[3] 切斯特顿前去拜访超人这位神奇的存在,向其父母问起他的长相是否英俊。"他有自己的一套标准,"父母回答道,"在他的基准下,他胜过阿波罗。而在我们这种

---

[1] 以上人物分别出自苏美尔神话、希腊神话、《圣经》、弥尔顿取材于《圣经》的《斗士参孙》(*Samson Agonistes*)以及美国传说。

[2] 指哲理喜剧《人与超人》(*Man and Superman*)。

[3] 下文出自切斯特顿所著的《警言与推论》(*Alarms and Discursions*)中的一篇《我是如何找到超人的》("How I Found the Superman")。

较低的基准下,那就……""他有毛发吗?"切斯特顿又问道。"在那种基准下一切都是不同的,"他们答道,"他身上的不是……好吧,当然不是我们所说的毛发……但是……""如果不是毛发又是什么呢?"切斯特顿不耐地追问,"羽毛吗?""也不是羽毛,不是我们理解的那种羽毛。"按捺不住好奇心的切斯特顿只好冲进这个无法描述的生物的房间。黑暗中传来一声微弱的哀号。"看看你做了什么!"是他的父母在哭喊,"你带进来一阵穿堂风,现在他死了!"

切斯特顿笔下的超人是体弱多病的。其他超人也有他们的弱点,而在仰慕者眼中,这让他们的超能力更加令人钦佩。为了不失去力量,参孙不能剪发,阿喀琉斯必须保护好自己无人不知的脚踵,赫拉克勒斯必须脱掉被涅索斯[1]的毒血沾染的衬衣。超人则是对氪元素过敏,也就是他的星球爆炸时喷射出的矿物质。绿色、红色、金色,不同颜色的氪石会对我们的英雄造成不同的恶劣影响。最糟糕的是绿色氪石,它会削弱超人的力量,使他处于一种免疫缺陷的状态。

尼采借查拉图斯特拉之口赞颂了超人(德语名词

---

[1] Nessus,因调戏赫拉克勒斯的妻子被他射死,又在临死前用自己毒血浸染的衣服设计杀死了赫拉克勒斯。

Übermensch 的拙劣译法)的美德,认为他之所以强大,是因为他在尘世间而非来世中追寻人类的美德。对尼采来说,超人绝不是后来 DC 漫画(Detective Comics)里那个集理想主义、自由主义、人道主义于一身的正义化身。相反,尼采的超人反对"现代的基督教式善人及其他虚无主义者",拥护的是全能的男性个体。尼采认为,"超女"是不存在的:女性的义务是生育超人。"当我向某些人耳语,"尼采在《瞧!这个人》(*Ecce Homo*)里写道,"告诉他们与其寻找一个帕西法尔不如去找一个恺撒·博尔吉亚时,他们简直不能相信自己的耳朵。"[1] 尼采的超人更接近莱克斯·卢瑟而不是钢铁之躯。

1938 年 4 月 18 日,超人在《动作漫画》(*Action Comics*)第一期中登场,他的创造者杰里·西格尔(Jerry Siegel)与乔·舒斯特(Joe Shuster)赋予了他各种令人称羡的超能力。来自哈佛大学的几位读者求真务实,发现了一些不符合物理学的地方,比如超人的 X 光级视力。这些求知者指出,即便超人体内真的能够产生某种化学反应,从双眼发射出 X 光,光束也需要在

---

[1] 前者 Parsifal 是传说中的中世纪英雄,依靠自己内心的纯净成了圣杯王;后者 Cesare Borgia 则是欧洲历史上因残忍邪恶闻名却又极具魅力的统治者。

某个表面进行反射,回到超人的感光细胞上,让他看见捕捉到的图像。更不用说任何被钢铁之躯审视过的生物都会因为 X 光线的双重扫射而面临罹患癌症的风险。

超人所谓的刀枪不入也令人不敢恭维。西格尔和舒斯特笔下的他周身一直环绕着某种光环,链锁、弓箭、原子武器都无法伤害他。所以即使他的披风可能会在激烈的打斗中被撕碎,但身上的制服永远紧紧地包裹着他性感完好的身躯。求知者们推测这种光环是一种非牛顿流体——一种类似蛋奶酱的流体,不遵循牛顿粘滞定律,会在力的作用下变得更具液态或更具固态。为了鉴定这一假说,他们召集了一批志愿者舔食钢铁之躯,以测他的味道是不是甜的。

超人还能够在飞行过程中接住从空中跌落的人。美剧《生活大爆炸》(*The Big Bang Theory*)的某一集里,凡事都以科学思维看待的谢尔顿揭穿了背后的真相。"跌落中的露易丝·莱恩,"他说道,"在以每秒 32 英尺的初始速度加速。超人张开他的两只钢铁之臂朝她俯冲过去,接触到了现在以大约 120 英里时速运动的莱恩小姐,后者直接被劈成了三等分。"他又补充道:"如果他真的爱她,就该让她直接摔到地上,这样她还能死得体面些。"

尽管他的超能力有明显的不合理之处,尽管年轻超英们的竞争力越来越强,尽管世界不断变化,反派不再以狡猾的伪装从事邪恶的事业,超人的魅力依然永存。

几年前,诗人多丽安·洛[1]写下了一首挽歌,主人公便是可能死于氪癌的超人:

> 2010年,医生又延长了一年他在大都会的日子。
> 这一年里,高处的他像在天堂。
> 这一年里,低处的他像在地狱。
> 一本杂志从他膝上落下。
> 封面是露易丝的《财富》,
> 行星在她身后排列,
> 星光掠过她梳起的头发。

---

[1] Dorianne Laux(1952—),美国诗人。[引文出自其诗集《人类之书》(*The Book of Men: Poems*)中的一首《超人》("Superman")。——原注]

唐 璜

*

将愉悦感体系化,让征服成为常规,把爱人的名字写作待办清单上的已选事项,是一种避免多情的有效方法。比起有情人,唐璜更像是引诱者,比起引诱者,他更像是收藏家,比起收藏家,他又更像是狙击手。其他唐璜式人物的猎艳计划似乎都具有明确的目的——往往是邪恶的目的,比如《危险关系》[1]中可耻的瓦尔蒙,或是萨德寓言里那些阴暗的主人公。唐璜却不是这样的:他的行为完全无缘无故。我们甚至不确定这位著名的情圣是否享受过肉体上的欢愉。仿佛在征服名录上添加一个新名字就足以令他获得快感,除了数据上的胜利之外,我们无需知晓其他故事。"但我白费

---

[1] 法国作家拉克洛(Pierre Choderlos de Laclos)所著的书信体小说 *Les Liaisons dangereuses*。

力气/对着空气挥拳。"他在蒂尔索·德·莫利纳[1]于十七世纪写就的《塞维利亚的嘲弄者》中如此叹道,这让人想起俄南[2]在远古时期的哀怨。他痴迷于计数而非情欲:他的主宰之神是墨丘利,而不是丘比特。[3] 别人收揽股份,他收揽女人。莫里哀认为,对唐璜来说,"爱情的快乐在于变化"。他的同时代人在寻找独角兽的犄角和牛黄石,而他的储藏柜里,是一位位女性的名字。

他渴望的甚至不是女性本身:不是她的灵魂、人格或真实的身份,仅仅是她的公众形象、社会地位及类型特征。在蒂尔索的故事里,唐璜手下的受害者包括贵族伊莎贝拉、渔民蒂斯贝、名门多纳·安娜、村妇阿明塔。而在莫扎特与达·蓬特[4]创作的歌剧里,唐璜的侍从莱波雷洛吟诵的名单比这个还长。十九世纪,何塞·索里利亚[5]在他的《唐璜》中直白地指出:

---

1 Tirso de Molina(1582—1648),西班牙作家,唐璜即其下文提到的作品 *El burlador de Sevilla y convidado de piedra* 的主人公,莫里哀、拜伦、萧伯纳、莫扎特的作品均取材于此。
2 Onan,《圣经》中的犹大之子,只图享乐不要后代。
3 前者是商业之神,后者是爱神。
4 Lorenzo da Ponte(1749—1838),莫扎特歌剧脚本的撰写者。
5 José Zorrilla(1817—1893),西班牙诗人及剧作家,下文提到的作品原题为 *Don Juan Tenorio*。

> 去过宏伟的宫殿,
> 手握陋屋的钥匙,
> 我所到之处,
> 皆声名狼藉。

此言出自掠夺了新大陆的西班牙人之口倒也颇为合适……

不过,唐璜的故事也不仅仅是列名单。尽管唐璜自视甚高,但我们也能感觉到,他所遇到的麻烦不光来自无所不用其极地收集女性战利品这种挑战。唐璜在拜伦的诗歌中声称:"只要赢得胜利,无论以何种方式,都将欣喜若狂。"然而另一种更黑暗、更令人不安的东西似乎正在困扰着我们的主人公。或许因为他那引诱者、猎艳者的名声,我们都忘了唐璜也是死者王国中的冒险家,一个能与鬼魂交谈的人,如同他的前人奥德修斯、埃涅阿斯和但丁。

即便是身在局中的唐璜也清楚,归根结底,他不会迎来什么完美结局。唐璜像马拉美一样坚信"肉体都是悲伤的"(即便他可能没有读遍每一本书)[1],认为每

---

[1] 法国诗人斯特芳·马拉美(Stéphane Mallarmé, 1842—1989)在其诗歌《海风》(*Brise marine*)中写道:"肉体是悲伤的,呜呼!而我已读遍所有书籍。"(La chair est triste, hélas! et j'ai lu tous les livres.)

一场情欲上的征服都必须以同样的不悦状态结尾,因此他会与那唯一忠诚的恋人一同追寻更加理想的结局。我们不要忘了唐璜的母语是西班牙语,而在西班牙语里,死亡一词是阴性的(法语和意大利语也是这样,英语和德语则不然)。这便是为什么唐璜会召唤骑士团团长的鬼魂与他共进最后的晚餐,因为他知道"她"也会出现,而他将像一位真正的绅士那样,主动踏上送她回家的路途。

莉莉丝

*

按照中世纪初期犹太传说的说法,上帝在用亚当的肋骨造出夏娃之前,还创造过一位女性,在她的陪伴下,亚当得以度过伊甸园里的漫长时光。这位夏娃的前人,被上帝赐名莉莉丝。

最让莉莉丝感到高兴的是她发现自己不可或缺。如果你想要开始创世纪,便不能没有她。她是允许嘴巴说话的耳朵,反射视野的眼睛,证明太阳存在的阴影,让第一名富有意义的第二名。莉莉丝很清楚,所有诞生都有终点,所有断言都会引来质疑,所有安定都需要一场混乱。对创造本身来说,分离就是意义所在,所以它才会向消失的另一半呼喊:"我是谁?"莉莉丝可以回答这个问题,她不会妄自菲薄,也不会自欺欺人或目中无人。莉莉丝会告诉我们她到底是谁,她的答案不会用某个专有名词遮掩,也不会是一句浮夸的"我就是我"。[1]

与其他存在一样,莉莉丝曾深处土地与海洋的黑暗空无之中。后来灵运的行迹出现在水面之上,莉莉丝便知道属于她的时刻即将到来。黑暗射出了光芒照亮自己,混沌的大地哺育出生灵,让它们去发现自己既定的面貌,唯一的神创造了自己的形象,捧在掌中端详。所有事物都诞生自上帝的语言,只有他的形象(被他称为亚当)是他用双手创造的。因为上帝喜欢对称性,所以他舀起几抔尘土,又为亚当创造了一个伴侣。这就是莉莉丝来到世界的过程。尘土被风吹起,形成新的形态,不会局限在固定的地点。莉莉丝的本性也因此变化多端,乐于尝试各种各样的面目和躯壳。从来不会只有一个莉莉丝。一切逐渐明朗。

既然亚当是按照上帝的形象创造的,那么亚当便是这世间永恒的形象,因为上帝的定义是亘古不变的。上帝的头发像森林,眼泪像河流,嘴巴像大海。他身体的每一个部分都是这世界的某一个侧面。他的眼球即地球的形状,眼白是环绕地球的海洋,耶路撒冷是他的瞳孔,圣殿则是瞳孔中的映像。这是亚当所坚信的,尽

---

[1] 即"I am what I am"。类似《圣经·出埃及记》3章14节中,上帝对摩西所说的:"我是自有永有的"——I AM WHO I AM。

管莉莉丝警告过他。"这一切并不仅仅是镜像游戏。"她会这么告诉他。但是亚当不想听,也不想问。据莉莉丝所知,一切事物都有自己的意义:风对上帝负责,火对天使负责,水对魔鬼负责。土地孕育动物,动物服从人类。"并且所有的一切都是莉莉丝的仆从,"莉莉丝低声总结道,"包括亚当。"

我们只能通过《米德拉什》[1]中记载的故事了解亚当与莉莉丝的同居生活。上帝特意为他们创造了一座花园,内有四条神秘的河流及茂密的树木,各种奇珍异兽。花园内的人们需要遵守一定的法则,比如不可涉入河水,不可宰杀动物,尤其是不可以吃长在花园中心的生命之树的果实。莉莉丝曾试图劝诱亚当,开发他的冒险精神,让他变得胆大妄为,为他开拓新的思路。亚当都拒绝了,一方面因为他热衷于永恒不变,另一个原因是他厌恶他人的指手画脚。他最喜欢站在刚刚被创造出的生物中间,为它们一一取上名字。他将马命名为"马",狗命名为"狗",将皮毛可用来搭建会幕[2]的彩色动物命名为"塔哈什",将与人类性交的海豚命名为"海的儿子"。莉莉丝会变幻成这些事物的形态,向

---

[1] Midrash,犹太教阐释《圣经·旧约》的布道书卷。
[2] tabernacle,古犹太人在沙漠旅途中拜神用的活动圣堂,文中提到的动物tahash则是传说中专门用来制作帐幕的动物。

亚当展现它们真正的样子,但亚当不屑一顾,只专注于字母带来的真实感,字母揭示了它们所命名之物的真正本质。"字母的出现早于整个世界。"他会对她这么说道,然后转身离去。

莉莉丝能够变幻成各种上帝造物的样子,这让她与野兽们亲近了起来,彼此之间也会经常交流,毕竟那时候所有生物都说同一种语言。她喜欢的野兽往往具有天生的智慧和勇气,她会伪装成黑豹或长角公牛与它们一同腾跃;她讨厌的野兽则愚蠢柔弱,据说后来杀死约伯的公牛和驴子的人正是莉莉丝。[1]

莉莉丝的最爱是大蛇,按照上帝的旨意,它与亚当是最相似的。它像亚当一样,依靠双脚直立,与骆驼一般高;它拥有可观的智力,能够思考问题;它还有手工艺的天赋,可以做出精良的金银制品,了解宝石和珍珠的奥秘。莉莉丝会化成蛇形,与它长久地相处,深入地交谈,或是一起制作精细的珠宝。她会等到天高气爽,上帝来到伊甸园时献上这些珠宝。上帝也乐见这些美丽的东西。

莉莉丝与大蛇无话不谈,亚当发觉自己受到了冷落。"我没有允许你与大蛇一同度过下午的时间",他

---

[1] 约伯(Job)的故事可见本书中《约伯》一章。

可能会对莉莉丝这么说,或者是"我希望你留在我身边,以备不时之需"。而莉莉丝会无视他的要求,亚当便向上帝抱怨:"她任性,不听话,就是不肯老实待着,像个永远不会安静的铃铛。恐怕她甚至会无视您的禁令,到时候我也无法为可能的后果负责。"

在亚当的控诉之下,莉莉丝和大蛇依然继续交往。"你知道为什么上帝希望你听命于亚当吗?"大蛇问莉莉丝,"还有,为什么他不让亚当吃那棵树的果实?同一个行业协会的工匠会憎恨彼此(这将被写入《塔木德》[1]中),而上帝想要独自拥有创造和毁灭的权力。"

终于有一天,莉莉丝再也无法忍受亚当,从伊甸园消失了。之后亚当一度将大蛇误认为莉莉丝,毕竟她常常变化成同样的形态,所以当亚当看到大蛇盘踞在树枝上,双腿完美地藏匿在长长的身体下,便心想:"随她去吧,不用多久她就会厌倦自己的游戏,变回女人的模样。"

事情终究还是败露了。上帝恼怒于莉莉丝的挑衅,派出三位天使追捕她。他们在红海找到了莉莉丝,她已经在那里生下了一窝恶魔,可能是她与大蛇的后代(《米德拉什》对这一点存疑,但仍然警告我们禁饮红

---

[1] Talmud,地位仅次于《圣经》的犹太教典籍。

海之水)。天使威胁莉莉丝,除非她回到亚当身边,不然每天都会杀死她一百个恶魔子孙。莉莉丝则回答道,她宁愿接受这个惩罚,也不想再回到亚当身边当他的奴隶。

如今,莉莉丝的复仇方式是在男婴初生的夜晚或女婴出生后第二十天杀害他们。莉莉丝的力量会在红月之夜达到极致。阻挡她的唯一办法是将写有三位天使名字的护身符绑在孩子的手腕上,《米德拉什》中如此写道。

流浪的犹太人

*

耶稣肩负木质的十字架,被罗马卫队血淋淋的鞭梢抽打着,沿多洛罗萨大街走在他的苦路上,在人群的嘲弄与奚落中,感到口渴的他在一处喷泉停下,喝了一口水。一位年长的犹太人推开他,让他继续往前走。"我会走的,"他答道,"而你将在此等我回来。"然后他继续走向髑髅地。名为"流浪的犹太人"的中世纪传说就此诞生。他因冒犯上帝之子而罪大恶极,被罚永远游荡,直至时间的尽头,因为按照上帝的圣言,耶稣会在审判日归来。

《约翰福音》(18:20—22)中提到,罗马士兵逮捕耶稣时,其中一位掌掴了他:也许这一幕便是故事的灵感来源,除此之外,我们在《圣经》里找不到其他出处。无论如何,这个传说流传了一千两百年之久,内容变得丰富完整,那位不知名的犹太人也在此过程中拥有过不同的名字。有的故弄玄虚,比如卡塔非鲁斯(Cartaphilus)或阿哈斯维鲁斯(Ahasverus),有的不言而喻,比如布塔多斯(Buttadeus,葡萄牙语里有"推开上帝"的意思)或胡安-埃斯佩拉-恩-迪奥斯(Juan-Espera-en-Dios,西语意思为"等待上帝的约翰")。十七世纪的一位耶稣会士巴尔塔萨·格拉西安[1]也为他取了一个不言而喻的名字,即胡安-德-帕拉-辛普尔(Juan-de-Para-Siempre),"永远的约翰"。

十三世纪初,能够证明这一故事真实性的目击者开始涌现。一位博洛尼亚的编年史学家在1223年记录道,腓特烈二世从几个朝圣者那里听说,他们在亚美尼亚遇见了一位犹太人,他就是那个被耶稣贬为永世旅者的人。英国历史学家温德沃尔的罗杰(Roger of Wendover)在1228年的编年史里确认了这一点,这位犹太人面见了亚美尼亚大主教,承认他之前受聘于本丢·彼拉多[2]。几十年后,马修·帕里斯[3]在他的《大纪事》中讲述了同样的故事,还补充道,这名犹太人现已悔改,信仰上帝并乞求神圣的怜悯。1564年6月9

---

[1] Baltasar Gracián(1601—1658),西班牙哲学家及作家。
[2] Pontius Pilate(? —41),罗马帝国犹太行省的执政官,多次审问耶稣。
[3] Matthew Paris(约1200—1260),英国历史学家,圣本笃教会的修士。下文提到的作品原题为 *Chronica Major*。

日,《犹太人阿哈斯维鲁斯的简短说明及陈述》(*Kurze Beschreibung und Erzählung von einem Juden mit Namen Ahasverus*)的匿名作者声称在石勒苏益格[1]见过这位流浪的犹太人。他将对方形容为留着长发的高个男性,脚底的厚茧有两英寸,会说一口流利的西班牙语,因为他在马德里生活过一段时间。还有一些编年史里,这位犹太人与妻子和后代同行。

时至今日,这个故事经不同作家之手,衍生出多个版本,其中最知名的是欧仁·休[2](把这位犹太人与耶稣会的阴谋联系在一起)、佩尔·拉格奎斯特[3](视其为被埋没的先知)、马克·吐温(他笔下的犹太人只不过是一位平平无奇的旅行者)[4]以及豪尔赫·路易斯·博尔赫斯(将犹太人的故事与不朽的荷马相结合)的作品[5]。詹姆斯·乔伊斯为他取名为利奥波德·布卢姆,让他在都柏林游荡了一整天,仿佛永远。[6] 卡洛·弗鲁

---

[1] Schleswig,现属德国。
[2] Eugène Sue(1804—1857),法国作家,著有《流浪的犹太人》(*Le Juif errant*)。书中出现的耶稣会为天主教修会,以中央集权著称。
[3] Pär Lagerkvist(1891—1974),瑞典作家,著有《大盗巴拉巴》(*Barabbas*),其中耶稣为主人公而死。
[4] 可能指提到过流浪的犹太人的《傻瓜国外旅行记》(*The Innocents Abroad*)。
[5] 指收录在《阿莱夫》(*El Aleph*)中的故事《永生》(*El Inmortal*)。
[6] 出自《尤利西斯》。

特罗与弗朗哥·卢森蒂尼将他设想为居无定所的中年男子,在威尼斯担任导游——如果世界上存在一座永恒之城,那一定就是威尼斯了。[1]

抛开传说中明显的反犹主义不谈,将旅行作为惩罚手段颇显古怪,尽管别的故事里也出现过类似的情节。比如有关"飞翔的荷兰人"的传说,这艘漂泊航船的船长被下了诅咒,只能与魔鬼为伍。在瓦尔特·司各特爵士[2]看来,"飞翔的荷兰人"是一艘海盗船,"载满了金银珠宝,发生过各种可怖的谋杀与掠夺事件"。罗伯特·路易斯·史蒂文森有幸躲过了当今机场的各种骚乱与安全管制,认为"充满希望的旅途比到达终点更加美好"[3],他一定无法理解"飞翔的荷兰人"或"流浪的犹太人"的旅程竟被当作惩罚。环游世界,欣赏异国风光,了解其他民族的风俗习惯,惊险刺激之余,旅行一向被视为最佳的教育方式之一,无论是对奢华的远洋游轮爱好者,还是精打细算的民宿网站用户来说,都是如此。

---

[1] 指意大利作家 Carlo Fruttero 与 Franco Lucentini 的作品《居无定所的情人》(*L'amante senza fissa dimora*)。

[2] Sir Walter Scott(1771—1832),英国历史小说家、诗人,下文出自其诗作《洛克比》(*Rokeby*)。

[3] 出自其散文集《少男少女》(*Virginibus Puerisque*)中的一篇《埃尔多拉多》("El Dorado")。——原注

不过，史蒂文森概念下的旅行也有其黑暗的一面，或许耶稣正是想到了这一点才决定如此惩罚冒犯他的人。在这个版本的故事里，诅咒的目的是让那个犹太人终生逃亡而不是旅行。犹太人注定因为屠杀、饥饿或是失业而离开家园。他不得不逃离集中营、劳改监狱、雇佣兵、跨国石油公司、森林采伐队、旱涝灾害、军事或宗教独裁的威胁。他必须跨过无垠的沙漠与巍峨的高山，背负着基督十字架冒险出海，承受警察的鞭刑与人群的嘲笑。他只能幻想，仁慈的人们会在彼岸迎接他，允许他过上体面的生活，不再因为他人的错误受苦受难。他只得等待——在法国北部或意大利南部的难民中心里，或是坐在大篷车里绝望地逃离中美洲或叙利亚的暴力行动的途中——等待传说中的救世主到来，而在那遥远的地方，他正试图吹响人们期待已久的审判日的号角。

睡美人

*

她的故事与时间有关:浪费的时间,拖延的时间,等待、做梦、无知的时间。故事的开头就不美好。睡美人在出生时收到了所有仙女的祝福,只除了一位国王忘记邀请的仙女,后者因此对她施下咒语,诅咒她在未来被有毒的纺锤刺中而死。无论是皇室法令还是善良仙女的魔法都无法消除这份恶意,无论是禁止使用纺锤还是将死亡的长眠改变为永无止境的睡梦都无法阻挡这可怕的诅咒。大人们想尽各种办法依旧是徒劳,女孩长大成人,触到了纺锤,陷入沉睡。与此同时,整座城堡也陷入了沉睡,等待着真爱之吻在某一天唤醒一切(希望如此)。美人入睡,时间停止。

有几位作家的故事与睡美人的叙事意图类似:将曾经鲜活的世界以静止的状态封存在尘土飞扬的城堡

或被掩埋的庞贝古城中。比如华盛顿·欧文[1]所作的瑞普·凡·温克尔的故事,詹姆斯·希尔顿[2]的《消失的地平线》中的香格里拉寺院,阿道夫·比奥伊·卡萨雷斯[3]的《雪的伪证》,阿加莎·克里斯蒂的《伯特伦旅馆之谜》。尼古拉·齐奥塞斯库[4]治下的罗马尼亚,六十年代的西班牙,参与倾茶事件[5]的美国州府,它们如今可能会在这些文学作品中找到暗藏的共鸣——我们往往难以区分沉睡与死亡。

沉睡中的美人,这便是她吸引王子的地方吗?一动不动地躺在那里,一言不发,双眼紧闭,无知无觉也毫无抵抗能力?青年时期的巴勃罗·聂鲁达将这种古老的男性幻想用简单的诗句写在了他的二十首情诗之一中:

> 我喜欢你安静的样子,因为你仿佛并不存在,

---

1 Washington Irving(1783—1859),美国作家,下文提到的瑞普·凡·温克尔(Rip Van Winkle)是其同名作品中的主人公。
2 James Hilton(1900—1954),英国作家,下文提到的作品原题为 *Lost Horizon*。
3 Adolfo Bioy Casares(1914—1999),阿根廷作家,下文提到的作品原题为 *El perjurio de la nieve*。
4 Nicolae Ceaușescu(1918—1989),罗马尼亚共产主义领导人。
5 Tea Party,指 1773 年的波士顿倾茶事件,引发了美国独立战争。

> 你听见我在远方的声音,它却无法抵达,
>
> 你的眼睛仿佛已经飞走,离我而去,
>
> 你的双唇仿佛被吻封缄。[1]

埃德加·爱伦·坡则直言不讳。他在《写作的哲学》(*Philosophy of Composition*)中写道,已逝的美丽女性"无疑是这世上最具诗意的主题"。毕竟你无法比死亡更沉默。

死亡与沉睡早已融合在文学之中。在四千多年前的《吉尔伽美什史诗》[2]里,诗人便将沉睡称为死亡的兄弟,这一可怖或可叹的定义的阴影至今挥之不去。在死亡的长眠中,时间是停止的,即圣安塞姆[3]所说的天堂的状态。而在尘世的夜晚,时光在流逝,做梦的人被迫等待他们得以醒来的那一刻。智者阿方索[4]在其制定的《七编法》中提到过一位僧侣,他想知道天堂里的时间是如何运转的。某天早晨,他听见窗外有鸟鸣声,遂走进花园深处一探究竟,这时候他的耳边传来一句

---

1 出自聂鲁达 20 岁写就的诗集《二十首情诗和一首绝望的歌》(*Veinte poemas de amor y una canción desesperada*)。
2 *The Epic of Gilgamesh*,目前已知的最古老的英雄史诗。
3 Saint Anselm(1033—1109),意大利神学家。
4 Alfonso(1221—1284),中世纪王国卡斯提尔(Castile)的国王,下文提到的作品原题为 *Siete Partidas*。

低语:"这便是天上的一秒钟。"大喜过望的他回到房间,发现自己的师兄弟早已死去,那鸟鸣的一瞬间,是尘世间的三万年。按照神学家的说法,天堂的时间没有长度,因为每一时刻都献上了那里所能拥有的一切。而在地狱,时间是永续的,因为那里什么都没有发生:没有希望,什么事情都无法发生,除了无望的等待。卡尔·古斯塔夫·荣格[1]回忆道,他的一位叔叔曾在街上拦下他,问他:"你知道上帝是怎么折磨罪人的吗?"荣格摇摇头。"他让他们等待。"叔叔说完便离开了。

沉睡中的美人是身处天堂还是地狱呢?既然城堡中的时间停滞不前,那么我们会认为答案是前者;然而她的沉睡又是一场无尽的等待,这意味着答案应该是后者。如果她身处天堂,那她永远也不会苏醒,因为苏醒将破坏存续的现状,这种美好现状下的公主是永远美丽、永远纯真的,永远被身穿蓝色礼服的王子渴望着。而如果她身处地狱,那么睡美人便是在她丧失纯真前的那一刻陷入睡眠的,因为如果王子前来唤醒她,会将她困在时间的枷锁上,迫使她在一瞬间找回外部世界流逝的岁月。睡美人会苏醒过来,但她的皮肤也会瞬间起皱,视线变得暗淡,珍珠白的牙齿掉落,金色

---

[1] Carl Gustav Jung(1875—1961),瑞士心理学家。

的头发花白，受到惊吓的王子会是她孙子般的年纪，甚至是曾孙子也说不定。无论在何种情况下，结局都不会是幸福的。

或许这才是那位被国王遗忘的仙女所下的诅咒：不能优雅地老去，不能拥有循序渐进的智慧，不能享受四季的轮回与变换；只能与整形手术、肉毒杆菌、乳房填充、猴腺血清绑定（如果她还想成为王子眼中的睡美人的话）。

不过，她也有别的选择。她可以拒绝诅咒，拒绝祝福，拒绝沉睡的侍从，拒绝父母的失礼行为，拒绝一位又一位王子。她可以像易卜生笔下的娜拉和卡门·拉福雷特[1]笔下的安德烈娅——两位现代版睡美人一样，狠狠关上魔法城堡的大门，睁大双眼直面这个世界。

1　Carmen Laforet(1921—2004)，西班牙作家，下文提到的安德烈娅(Andrea)出自其代表作《一无所获》(*Nada*)。

菲　比

*

在《麦田里的守望者》中,菲比是考尔菲德四兄妹里最小的那一个。她也是最聪明、最感性、最无私、最敏锐的那一个。她的三哥艾里性情温和,却因白血病早早夭折。然后是她的二哥霍尔顿,还有大哥 D.B.,在好莱坞开着捷豹贱卖(霍尔顿的说法)自己的写作才华。考尔菲德家族可以说是文学之家:在把自己卖给好莱坞之前,D.B.就曾出版过一本"很棒的"故事集,题为《秘密金鱼》。艾里则用绿墨水在棒球手套的指间和口袋上写满了诗,"这样当他站在球场上,又没人上场击球时,他也有东西可读"。霍尔顿是位纯粹的读者,会在他喜欢的书籍中寻找这世界缺乏的逻辑。他偏爱的作者名单令人印象深刻:狄更斯、伊萨克·迪内森[1]、

---

[1] Isak Dinesen(1885—1962),丹麦作家,代表作《走出非洲》(*Out of Africa*)。

林·拉德纳[1]、萨默塞特·毛姆(持有一定保留意见)、托马斯·哈代、莎士比亚、鲁伯特·布鲁克[2]、艾米丽·狄金森、F. 斯科特·菲茨杰拉德以及海明威。菲比也写过小说,主人公是名为海泽尔·威塞菲尔[Hazle(原书错拼如此)Weatherfield]的少女侦探。当然,她一直没能完成自己的作品。

在霍尔顿眼中,菲比是个"过于情绪化的孩子"。但他保证"你们会喜欢她的"。"我的意思是,只要你跟小菲比说话,她总能知道你到底在说什么鬼东西。或者说,不管你去哪里都可以带着她。比如你带她去看一部烂片,她会知道这就是一部烂片。如果你带她去看一部好电影,她也会知道那是好电影。"

菲比跟哥哥艾里一样是红头发,她会在夏天把头发剪短,紧紧贴在漂亮的耳朵后面。"冬天的时候,"霍尔顿描述道,"头发会蓄长。有时母亲会帮她扎起来,有时不扎,但都挺漂亮的。她只有十岁。她很瘦,像我一样,但瘦得很漂亮。"不知道霍尔顿是否读过《雅歌》[3]:"我们的小妹妹,双乳尚未发育;有朝一日他人来

---

1 Ring Lardner(1885—1933),美国体育新闻记者,幽默作家。
2 Rupert Brooke(1887—1915),英国理想主义诗人。
3 Song of Songs,《圣经·旧约》的一卷。

提亲时,我们该怎么做?"霍尔顿没想过那么远。

D.B.远在好莱坞,瘦小的菲比便占用了他的房间,包括房间里过大的床和书桌,这让她"可以好好施展一下"。她会保存霍尔顿买给她的唱片碎片(是他不小心摔碎的),因为她想让这世界富有条理,并且在看到霍尔顿无法做到这一点时感到失望。她很节俭,能够在物质上资助霍尔顿,把自己为圣诞节攒下的钱送给他:"8美元85美分。哦,不,65美分。我花掉了一点。"她解释着。

最重要的是,菲比能够准确指出霍尔顿存在性焦虑的根源。"你不喜欢现在发生的任何事。"她是这么对他说的,因为正如她所见,霍尔顿似乎无法在任何事物中找到乐趣。但丁会将霍尔顿放在愤怒地狱,那里的人们"在阳光福祉下的甜美空气中也闷闷不乐"。而菲比享受这个世界,也享受随之而来的挑战,并且勇于面对一切。所以当霍尔顿告诉她自己即将出走西部时,她会收拾行装想跟他一起离开。霍尔顿没有意识到也没有理解的是,菲比就像是他的眼睛,会替他注意前路的危险。当他遇到这些危险时,她会勇敢地站在他身边。

公元前五世纪中期,欧里庇得斯[1]曾以安提戈涅为

---

[1] Euripides(前480年—前406年),古希腊悲剧大师,下文提到的作品即 *Antigone*。

主人公创作过一出戏剧,只有一部分剧本流传了下来。安提戈涅用充满爱意的双手将其兄波吕尼刻斯的尸首洗净,倾倒上祭祀之酒加以安葬,一举一动都坚定不移,哪怕这违背了国王的禁令。"但我会安葬他,"她在幸存的词句中如此说道,"即便我必须受死,我也依然认为我的罪行是神圣的:我将与他同死同葬,我们都将是彼此珍贵的存在。"霍尔顿曾好奇如果他因肺炎去世,菲比会怎么想。菲比的感受可能就与安提戈涅相当类似。

那么满怀爱意与奉献、觉悟与坚定、勇气与智慧的菲比的结局又如何呢?她可以参照的先例是格林童话《六只天鹅》里的妹妹。她的六位哥哥被巫术变成了天鹅,解救他们的唯一办法是她亲手用荨麻编织六件衬衫,且整整六年里一句话也不能说。就在这六年快要结束的时候,一位王子发现了她,并与她坠入爱河、娶她为妻。但由于她不能开口说话,王子的侍臣诬告她是女巫,欲将她除以火刑。行刑前夜,牢房里的她终于用手中的荨麻完成了六件衬衫,只除了最后一件还缺一只袖子。她将六件衬衫扔向天鹅,她的哥哥们就此恢复了人形(最小的那一位仅有半边翅膀),王子也终于了解到这沉默背后的动人缘由。

这个故事的结局是完美的,那菲比的结局呢?在小说的最后一页,大雨倾盆落下,看着坐在旋转木马上的妹妹,霍尔顿似乎第一次感受到了快乐。"我不知道为什么,"他说,"只不过她看上去太他妈漂亮了,她就在那儿穿着她的蓝大衣,一圈一圈地转。"

就像她从未写完的海泽尔·威塞菲尔的故事一样,小说中的菲比始终是个耀眼的角色,她围绕着迷茫的哥哥们打转,却从未走上自己的轨道,抵达自己的结局。悼念再也无法相见的哥哥,占据家中浪荡长子的房间,帮助开导魔怔了的霍尔顿,纠正他不切实际的妄想——在麦田里抓住悬崖边上的孩子("应该是'你要是在麦田里遇到我'。"她告诉他。),菲比就这么"穿着她的蓝大衣,一圈一圈地转",伴着那首《烟雾弥漫你的眼》。

性　真

*

童话故事的主人公通常会面临三次挑战;在阿塔尔[1]的《百鸟朝凤》里,寻找凤王的鸟群必须飞过七座峡谷或七片海域,最后两个阶段分别名为"困惑"和"寂灭";埃及法老经受了十次劫难,才释放了以色列人;如果算上最初的两个层级以及顶端的地上乐园,那么净化罪孽的但丁炼狱也是十层;赫拉克勒斯则完成了十二项不可能完成的任务。人类所经历的各种试炼次数不一,程度不同。

《九云梦》——据信是由名儒金万重著于十七世纪的朝鲜古典小说——中堕入凡尘的僧人性真需要经历八个阶段才能获得救赎。每一个阶段都对应着一位与

---

[1] Farid al-Din Attar(1145—1230),波斯伊斯兰教诗人,下文提到的作品原题为 *Conference of the Birds*。

之倾心相恋的美丽仙女,她们的名字在耳朵长茧的西方读者听来像是西部乡村歌手:彩虹凤凰、月光、羞怯野鹅、玉贝花、春云、箫和兰、椋鸟群、白帽子。[1]

性真(顾名思义,"真实的本性",亦即"性欲")是因触犯清规才被其师——莲花峰圣僧六观大师惩戒的。他在被龙王劝酒后心神惘乱,用法术将花朵变成珠宝取悦八位仙女。性真因此罪被贬为一名英俊男子转世重生,此后的故事仿佛情色版的《天路历程》[2]。他以杨少游(Small Visitor,"年轻的旅者")的身份投胎到一户农村人家,由寡母抚养长大。成年后的少游通过殿试成为翰林学士,后来更是集诗人、音乐家、外交官、军士将领于一身,最后甚至做了皇帝的驸马,平步青云。

故事发生在九世纪的中国唐朝,多民族文化发展的黄金时期,《九云梦》作为一部奇幻背景的教化小说,可以说是儒、道、佛三教思想的编年史。圣僧如此总结少游的一生之旅:"聚散离合——此乃尘世之道。"他根据《易经》布兵排阵,击退了吐蕃军队的侵略,迎娶了八位命定的仙女,甚至(在与第七位仙女的故事中)以刀光为烛火、军锣为琴声在激战中举行了一场婚礼。功

---

1 以上译法为英语译名的中文直译,朝鲜谚文人名的正确中文译法依次应为:秦彩凤、桂蟾月、狄惊鸿、郑琼贝、贾春云、李萧和、沈袅烟、白凌波。
2 *Pilgrim's Progress*,英国作家约翰·班扬所著的基督教主题小说。

成名就的少游偶遇一位自称其师的年长僧人,并被告知身为凡人的他所经历的一切都只是短暂的梦境,这一生的情欲与战火都只是冥想中的一瞬。听完这番话的少游恢复了性真的记忆,受到点悟,皈依佛门。最终,他成为莲花峰的住持,无论仙灵神龙还是凡人鬼物都像尊崇其师一样尊崇他。八位仙女也摒弃红尘顿悟得道,化作先度众生再度自身的菩萨。结局似从一开始便已注定,性真与仙女们携手踏进佛法的殿堂。

在与多情的主角一同历险的过程中,我们曾被多次暗示所谓的现实世界其实只是幻梦。少游曾被告诫道:"只眼所见之真相甚于两耳所闻。"不久之后他便被装扮成鬼怪的美貌少女作弄。这一骗术的究竟并不重要:装成鬼魂的少女或是装成少女的鬼魂。"人鬼殊途,"妇人随后向少游解释道,"有情合一。"最重要的是明白感官世界是虚幻的,精神世界才是真实的。前者仅仅是幻想,后者是唯一的现实。

假想出来的人物告诉我们生活都是假象,多么奇妙。卡尔德隆[1]的《人生如梦》中的角色塞希斯孟多曾抱怨道,在我们这个奇异的世界里,生活只是梦境,并

1　Pedro Calderón(1600—1681),西班牙作家,下文提到的作品原题为 *La vida es sueño*。

且按照经验来看,每一个活着的人都在做着自己的梦,直到醒来的那一刻。《暴风雨》[1]中的普洛斯彼罗则解释说,我们都是梦里人,我们短暂的一生都在酣睡之中。双胞胎告诉爱丽丝她其实是在红心国王的梦中,如果他醒来,她便会"砰的一声消失!就像蜡烛一样!"

性真的同时代人,从船难中幸存的约克郡水手鲁滨逊·克鲁索在孤岛上独处数月后做了一场噩梦。他看到自己坐在围墙外的地面上,一个男人突然从一片巨大的乌云中出现,四周一片火光。男人一落地就朝克鲁索走去,手持长枪,一副要杀了他的样子。男人用可怕的声音对他说道:"既然已经发生的事情未能让你悔过,那么今日便是你的死期。"克鲁索醒来后发现一切只是梦境,那种感受无法言喻。对克鲁索来说,孤岛生活的艰辛是悲惨的现实,梦境仅仅是一种警示。而对性真来说,声色犬马的生活才是令人警醒的梦境。

如果(少游躯壳之下的)性真尘世之旅的里程碑是战场与情场上的丰功伟业,如果这些成就只是幻影中的幻影,那么作为读者的我们——纸上幻影之幻影身后的幻影又是什么呢?柏拉图在《理想国》中借苏格拉底之口指出,我们所感知的世界只是这个世界投映在

---

[1] 莎士比亚作品 *The Tempest*。

我们所处洞穴墙壁上的阴影,且苏格拉底(以及柏拉图本人)也以为眼见阴影即真实。对十七世纪的朝鲜男女来说,九世纪的中国(性真的故事背景)便是那片巨大且存续的阴影,危险又诱人,仿佛一场变化多端、动荡不安的梦境,而他们总有一天会希望从中醒来。

"孰能辨梦非真也,真非梦也,"性真在故事最后叹道,"佛曰,白毫光谢世界,天花下如乱雨。"

吉 姆

*

他像是田纳西·威廉斯笔下的"逃亡者"[1],《悲惨世界》的冉阿让,同名阿根廷史诗中的高乔逃兵马丁·菲耶罗[2],弗兰肯斯坦那逃往北极的怪物,《远大前程》里的流放犯阿贝尔·马格维奇。他不由自我所认知的身份定义,而是被迫处于一种迷惘状态,在外部世界的压迫下"飞快"逃窜。那么如何逃跑呢?"你看,"他是这么向哈克贝利解释的,"我要是一直走路,会有狗咬我;我要是偷一条船划过去,他们会发现船不见了,要知道,他们也会发现我在哪里上岸,我朝哪个方向去了。"被困在白人世界的吉姆身处成年人的刻板偏见与

---

[1] 指《奥菲斯沉沦》(*Orpheus Descending*)中的主人公瓦尔·夏威尔,该剧本曾被改编成名为《逃亡者》(*The Fugitive Kind*)的电影。
[2] 出自阿根廷作家何塞·埃尔南德斯(José Hernández,1834—1886)的同名高乔史诗 *Martín Fierro*。

青少年的任性游戏之中,试图逃离至人人平等的乌托邦:马克·吐温小说中的自由州,美国历史上通往加拿大的地下铁路[1],黑色福音所歌颂的梦想之地——甜蜜战车,轻摇轻晃[2]。但与他的流亡同胞一样,吉姆永远不会抵达那里。他只会被视为获得自由的奴隶,而不是他自己,不是任何他想象中的自己。

白人世界对吉姆早有安排:波莉姨妈、塞拉斯姨夫还有莎莉姨妈会在他做了"好事"时"大大夸奖"他一番,再给他"所有想吃的东西,让他好好放松一下,什么也不必干",就像对待忠诚的宠物一样。汤姆·索亚的设想是在计划(受冒险故事启发却不幸失败的计划)成功后和哈克一起带着吉姆"光明正大地坐上汽轮回家,赔偿他失去的时间,提前写信叫所有黑人都出来迎接他,让他们手持火炬排成长队,再组一个铜管乐队"——一种基督进入耶路撒冷与跳舞熊诡异表演的结合。《堂吉诃德》(汤姆·索亚所读过的冒险故事之一)本应激励男孩与不公做斗争,却只让他在书呆子骑士身上看到了探险的刺激和童话的魔力。如果是吉姆

---

[1] Underground Railroad,并非真正的铁路,而是19世纪美国废奴主义者解救黑奴,将他们送出海外的秘密网络。
[2] "Swing Low, Sweet Chariot"是流行于19世纪的黑人灵歌,饱含黑奴思念家乡、向往自由的寄托。

来读《堂吉诃德》,他的观感或许会与汤姆不同。

但奴隶是不可以读书的。1660年,查理二世宣布自己将忠实于新教信仰,即路德所说的,灵魂的救赎取决于个人为自己解读上帝圣言的能力。根据这一点,国王下令海外殖民地理事会教导土著人、家仆以及奴隶以基督教为训。然而奴隶主们并不赞成。他们担心奴隶学会阅读《圣经》后,也会阅读废奴主义的宣传文章,甚至以摩西与法老这样的故事为由发动起义。这条皇家法令在美国殖民地遭到强烈反对,尤其是在南卡罗来纳州,也是在那里,禁止所有自由身或奴隶籍的黑人受教育的严律在一百年后颁布。这样的法律在马克·吐温的年代仍在施行。初次违反法律的奴隶会被牛皮鞭抽打,第二次违反用九尾鞭,第三次则会被割断第一节食指。如果奴隶识字后再教他人读书,会被处以绞刑。

所以吉姆是不识字的。如果他能像弗雷德里克·道格拉斯[1]在其自传中所写的那样,在主人"让自己保持无知"的决定下坚持阅读,他或许会读到亚里士多德是如何将奴隶制合理化的。"一些人理应是统治者,另

---

[1] Frederick Douglass(1817—1895),19世纪美国废奴运动领袖。[下文提到的自传名为《弗雷德里克·道格拉斯的一生》(*The Life and Times of Frederick Douglass*)。——原注]

一些人理应被统治,这不仅实属必要,更是权宜之计。"这位执迷于规则的哲学家在他的《政治学》中如此宣称道:"某些人从出生的那一刻起便被标记为从属者,另一些则是管理者……事实上,使用奴隶和驯养动物并没有什么不同,因为两者都以体力劳动供给主人的日常需求。"亚里士多德认为没有必要点明他所谓的"需求"是指的他本人及同类的需求。

托马斯·阿奎纳[1]在其巨著《神学大全》中将主人与奴隶的关系等同于父子关系,并主张儿子与奴隶都应享有一定的权利。"儿子属于父亲,而奴隶属于他的主人;但他们每个人都是独立的存在,且区别于他人。因此身为男性的个体都应享有公正的待遇,父与子、主与奴之间的关系也因此受到法律的约束。然而由于该个体是从属于另一个个体的,在这种情况下,完整概念下的'正义'或'公平'便会有所缺失。"阿奎纳当然明白这是一个显而易见的三段论,结论已隐含在前提之中,即从属物——奴隶、子女或狗——无法享有其主人享有的权利或公义。哈克的父亲与阿奎纳观点一致。父亲将儿子抚养长大,儿子便应当"给他干活",而体面的

---

[1] Thomas Aquinas(1225—1274),中世纪经院哲学家、神学家,下文提到的作品原题为 *Summa Theologiae*。

白人公民也应当比"鬼鬼祟祟、偷偷摸摸、可恶该死的穿着白衬衫的自由黑人"享有更多的权利。

自亚里士多德的时代甚至更早以来,每个将奴隶制合法化的社会都是根据以下两个假设为之辩护的:一是(他们自己眼中的)优等阶级应当享有绝对凌驾于劣等阶级之上的权力,二是奴隶制通常能够获得受奴役之人的认同。"这是为了你好"以及"我受的苦比你多"也是信奉"不打不成器"的父母的畸形信条。

文学家让·鲍尔汉[1]以《奴役的乐趣》为题为经典性虐题材小说《O娘的故事》作序,讲述了1838年发生于巴巴多斯[2]的奴隶解放故事。大约两百名黑奴在获得自由后回到原来的主人格兰奈勒先生身边,请求他重新收留他们。而格兰奈勒或许是出于对反奴隶制法令的敬畏,拒绝了这个请求。这些曾是奴隶的人们以愈演愈烈的暴力表示抗议,最终杀死了格兰奈勒及其家人。之后,按照鲍尔汉的说法,他们回到自己的茅屋,恢复了先前的劳动作息。这个故事如果是真实的,那么一定会在美国南部残余的奴隶主中间引发许多类似"我早就知道会这样"的反响。

---

[1] Jean Paulhan(1884—1968),法国文学家。《O娘的故事》(*Histoire d'O*)作者为安妮·德克洛(Anne Desclos)。

[2] Barbados,加勒比海上的岛国,原为英国殖民地。

但与巴巴多斯的黑奴不同,吉姆对自身的现状并不满意,他如果能够抵达自由港,绝对不会要求返回。我们了解吉姆的品德(比如他对所罗门的裁决[1]充满鄙视,又对路易十六被监禁的后代[2]表示同情)、信仰(他相信魔法,尊重逝者,认同睡梦中蕴含的真理),以及恢复自由、获得人权、与家人重聚的决心("他到了自由州以后就会开始存钱,不乱花一美分,存够了之后他会买回他的老婆,她在华森小姐家附近的一个农场上;然后他们会一起赚钱买回两个孩子,如果主人不肯卖,他们会找废奴主义者帮忙偷走他们")。

我第一次读到《哈克贝利·费恩历险记》时大概就跟哈克一样大,哈克与吉姆之间日渐深厚的友谊最令我感动。(我觉得)哈克在某种程度上把吉姆当作父亲,在他身上找到了与自己暴力又偏执的父亲相反的一面,这位父亲需要哈克的帮助才能在这个恶劣的世界里生存,如果他是安提戈涅,吉姆就是俄狄浦斯。[3]

---

1 即两位妇女争夺婴儿,所罗门判决两人一人一半,最后亲生母亲宁可放弃的故事。所罗门是古以色列王国的第三任君主,历史上有名的明君。
2 路易十六即法国历史上唯一因为法国大革命被处决的皇帝,他的子女也在监狱中受到非人的对待。
3 在索福克勒斯的代表作《安提戈涅》(*Antigone*)(与前文提到的欧里庇得斯的同名作品不是同一部)中,安提戈涅耗尽一生陪伴父亲俄狄浦斯流浪。

我很羡慕哈克,因为我知道他与吉姆是相互需要的。

尽管小说中散落着许多线索,尽管我们能对吉姆的人物性格有所认识,但他在读者眼中仍然只戴有奴隶的标签。托妮·莫里森[1]就认为吉姆的形象是"一件无法将人裹藏好的拙劣小丑服",并且在小说的结尾中看到马克·吐温为迎合种族主义读者而将吉姆塑造成了"一个完完全全的丑角"。在索福克勒斯[2]的《俄狄浦斯王》中,先知提尔西亚斯便称俄狄浦斯为"可怜的傻瓜"。

莫里森所说的种族主义读者如今仍旧是这本小说的主要受众,因为在美国,种族主义无疑影响着一切。"影"这个字的色彩不乏恶意却又极其合适。黑人白人共存的社会等级制度是否允许奴隶制的存在,或者说奴隶制是否需要社会建立一种等级制度以证明其合理性,这样的问题永远没有答案。

那么现在的吉姆又在哪里呢?

殖民政府从初期便开始在新大陆施行奴隶制,1776年美国《独立宣言》发表时,仍有十三个州可以合法蓄奴。直到近一个世纪之后,奴隶制才在全国范围

---

[1] Toni Morrison(1931—2019),美国黑人女作家。
[2] Sophocles(前496—前496),古希腊悲剧大师,下文提到的作品原题为 *Oedipus Rex*。

内被废除。1865年,《第十三条修正案》解放了肯塔基州和特拉华州最后四万名黑奴。在那之前的几十年间,亚历西斯·德·托克维尔[1]经过观察,认为美国这样的多种族社会必须依靠奴隶制才能支撑下去。在他看来,给予黑人更多权利只会加深白人对黑人根深蒂固的偏见。换言之,不可对症下药,而应温和治疗,才不会加剧症状。

这种态度仍然潜藏在美国当今社会的表象之下。一旦当局不再那么强硬地反对偏见,哈克父亲的那种言论就会涌入公共论坛。2018年,对平等就业机会委员会的不满投诉较前一年增加了17%,另外根据联邦调查局的数据,2017年的仇恨犯罪案件也比往年多发约一千起,其中近50%的仇恨犯罪都是针对黑人的。在美国,每65名被谋杀的黑人男性中就有一人是被警察杀死的,约25%的受害者没有任何武装。吉姆仍在逃亡。

《福布斯》杂志在2018年公布了一则数据,美国是全世界亿万富翁最多的国家,其中大部分人的生活想必都是美满的。四十多年前的1973年,厄休拉·K. 勒

---

[1] Alexis de Tocqueville(1805—1859),法国思想家。

古恩[1]发表了一篇题为《离开欧麦拉城的人》的短篇小说。欧麦拉是一座人人幸福的小城。这种集体幸福的唯一条件是每位公民都要在每一年的夏季节日期间排队经过一间狭窄的地下房间,它建在最漂亮的大楼里,里面却关着一个赤身裸体的孩子(勒古恩没有指明具体的性别或肤色),满地都是他自己的秽物。孩子并不是生来就住在那间房子里的,他仍能记得阳光的样子和母亲的声音。"我会乖乖的,"他喊道,"求求让我出去。我一定乖乖的!"

勒古恩补充道,有些人会时不时去看看那孩子,回到家后也会感到愤愤不平。有的人会直接走到街上,一路走出欧麦拉城。勒古恩说,她不清楚这些人要去哪里,但她知道总有人会离开欧麦拉城。

---

[1] Ursula K. Le Guin(1929—2018),美国科幻小说作家,下文提到的作品原题为 *The Ones Who Walk Away from Omelas*。

客迈拉

*

位于加拿大艾伯塔省的皇家特立尔博物馆以其恐龙化石收藏闻名。不过其中最奇特的展品也许并不是史前巨兽的骨架,而是在三亿年前短暂存活过的微观海洋动物的放大版模型。它们漂浮在树脂玻璃做成的幽暗海洋中,透明发光的身体以白色的线条加以勾勒,是实际大小的数倍。这些不大成功的生物形象在普通观者眼中歪歪扭扭的,仿佛梦魇,显然造物者在描画它们本来的模样时未尽全力,就像是艺术家闭着眼睛胡乱涂鸦,反应过来后又将之全部抹去。而这些从未成形的幻影却是最恐怖的怪物,相比之下,美杜莎和巴兹里斯克蛇[1]都显得平平无奇。我们这颗星球上的生命

---

1 Medusa,希腊神话中的蛇发女妖;basilisk,传说中目光或气息可致死的怪物。

以怪兽为开端,但并非我们所熟悉的普通物种。

怪兽(monster)一词发源于拉丁语动词 monere,意为警告。怪兽是奇物、畸形,是不寻常的存在、意料外的事物,是极少见到甚至从未见过的东西。贺拉斯[1]会用黑色的天鹅指代不可思议的怪兽,却不知道(正如博尔赫斯指出的)彼时澳大利亚的天空正因成群的黑天鹅飞过而变得阴暗。[2] 我们口中所谓不可能存在的怪兽很有可能正潜伏在宇宙的某个隐蔽角落,不管这种可能性有多么微乎其微。

由于我们缺乏但丁所说的大自然"无悔造出大象与鲸鱼"[3]的创意,我们想象中的怪兽通常是自然界已有生物的变异版本,或者仅仅是将任何动物园里可见的生物拼拼凑凑的产物。鱼、鸟或狮子与女性结合,马、牛或蜥蜴与男性配对,会飞的牝马或者大蛇,有着湿婆[4]那样的四只手臂或三位一体式三重人格的宗教衍生品,千首之龙或者无头之人:我们写就的怪物寓言只不过是豪华版的相衔创作(cadavre exquis)——超现

---

1 Horace(前65—前8),古罗马诗人、批评家。
2 在发现澳大利亚的黑天鹅之前,欧洲人一直认为天鹅都是白色的。博尔赫斯在其著作《讨论集》(*Discusión*)中提到过贺拉斯诗句里的黑天鹅问题。
3 出自《神曲》。
4 Shiva,印度教三相神之一的毁灭之神。

实主义者发明的游戏。纸张被多次折叠,在看不见先前创作的基础上接着画出下一部分身体,结果往往荒谬又有趣,但很少像长颈鹿或鸭嘴兽那样令人惊艳。正如略显傲慢的上帝对约伯所说的:"鸵鸟的翅膀欢然扇展,岂是显慈爱的翎毛和羽毛吗?"

我们对怪兽的信仰如此根深蒂固,以至于克里斯托弗·哥伦布在奥里诺科[1]河口附近观察到三只海牛后在日记中写道,他看见三条美人鱼在海里游泳,并严谨地补充说明"她们不像传说中那么美丽"。我们的怪兽之所以存在是因为我们想要它们存在,或者说,是因为我们需要它们存在。

客迈拉便是典型的复合型怪兽。荷马的描述是"不死之身,不是人类/前身是狮子尾部是蛇,中间是羊/呼吸间吐出可怖的烈火"[2]。赫西俄德[3]将她(因为客迈拉是雌性)视为另一个怪物——半人半蛇的厄客德娜的女儿,他笔下的客迈拉是个行动敏捷、力大无穷的可怕巨兽,像地狱守门犬刻耳柏洛斯一样有三个脑袋:"一个头是狮子,另一个是龙,第三个是羊。"还有的诗人认为客迈拉生下了斯芬克斯(后来被俄狄浦斯战

---

[1] Orinoco,南美洲河流。

[2] 出自《伊利亚特》。

[3] Hesiod(前8世纪),古希腊诗人,下文出自其作品《神谱》(*Theogony*)。

胜)和尼米亚猛狮(最终被赫拉克勒斯杀死)。而客迈拉自己则是被骑着飞马珀加索斯的英雄柏勒洛丰击败的。我们想象出来的怪物似乎总是不得善终。

人类祖先虚构出的某些怪物却坚持到了现在。与客迈拉不同,半人马、美人鱼、龙、狮鹫[1]、食人魔、萨堤尔[2]至今仍在我们的世界活跃着。而与其说客迈拉是某种生物,不如说它是一个符号。罗伯特·格雷夫斯[3]告诉我们,对希腊人来说,客迈拉象征着一分为三的一年,"其中狮子、山羊、蛇是三种季节的象征"。而对今天的我们来说,客迈拉意味着不可能的存在,一种从未达成的想象,比如没有痛苦的生活或者人人平等的社会。

那么谁又是当今世界的怪物呢?我们无法容忍的同类,需要警惕的"非人"异端。希特勒、斯大林、皮诺切特[4]、巴沙尔·阿萨德[5]、连环杀手和强暴犯都是世人眼中的怪物,因为我们无法想象他们的恶行是人类所为。古人贤明,他们的神灵与怪物既有超自然的特

---

[1] Griffin,即传说中的动物,长有狮子的躯体与利爪、鹰的头与翅膀。

[2] Satyr,希腊神话中半人半羊的森林之神。

[3] Robert Graves(1895—1985),英国文学家,下文出自其作品《希腊神话》(*The Greek Myths*)。

[4] Augusto Pinochet(1915—2006),智利前总统。

[5] Bashar al-Assad(1965—),叙利亚总统。

征,又有常人的缺陷:波吕斐摩斯[1]容易上当受骗,刻耳柏洛斯贪得无厌,半人马极具智慧,吕西尼昂的龙女[2]迷人魅惑,珀加索斯会吹嘘自己的速度,就像九头蛇海德拉得意于自己的强大。这些异兽的故事之所以流传至今,是因为它们像人类一样拥有七情六欲,因为同在一片土地上的它们除了会让我们畏惧,也令我们抱有敬意。我们都渴望着善意,又忍受着痛苦。让·科克托[3]就认为斯芬克斯的悲剧背后是她爱上了俄狄浦斯,自己将谜语的答案悄悄地告诉了对方。

不同于先祖的时代,现在的我们既易轻信他人,又总是怀疑一切。我们自称奉行科学思维的理性主义者,却相信外太空存在着什么小绿人(佛罗里达州阿尔托蒙特市的圣劳伦斯保险公司向客户出售"外星人绑架险"),相信喜马拉雅雪人和尼斯湖水怪(专门开发了观光路线),相信吸血鬼(就在 2004 年 2 月的罗马尼亚,某个彼得家族的部分成员害怕他们的一位亲属在死后变成吸血鬼,因此挖出他的尸体取出心脏,焚烧后饮下灰烬)。古人不仅赋予怪物社会性,还会将它们的

---

[1] Polyphemus,希腊神话中吃人的独眼巨人。
[2] Dragon-lady of Lusignan,即 Melusine,欧洲神话传说中具有龙形的海妖。
[3] Jean Cocteau(1889—1963),法国作家。

存在合理化:弥诺陶洛斯[1]是帕西法厄欲望的产物,而美人鱼的诞生是为了防止水手前往禁忌之地。历史学家保罗·韦纳(Paul Veyne)的解释是:"古人当然相信他们的神话!"但他们是否相信那是真实的呢?"真实,"韦纳回答道,"只是一种集体式的自我满足感,一层将我们与权力意志分隔开来的薄膜。"[2]

今天的我们相信怪物的存在,却不想对它们负责。于我们而言,客迈拉这样的怪物不再指向真实与否的问题,而是与逃避真实有关——我们拒绝承认每一个人都可以体现最高尚的品质,也可以犯下最可恶的罪行。

---

1 Minotaur,希腊神话中克里特岛国王弥诺斯(Minos)之妻帕西法厄(Pasiphaë)与波塞冬派来的牛交配后生下的半人半牛的怪物。
2 出自《古希腊人是否相信他们的神话?》(*Les Grecs ont-ils cru à leurs mythes?*)。——原注

鲁滨逊·克鲁索

*

我们从未想过永远留在某座荒岛上。扎根于大陆的我们梦想着航行至地平线的彼端,到达某片野蛮的海岸,在那里建立我们眼中的合理世界,成为迷你私人宇宙的专制统治者。然而一旦我们来到那座岛屿,一旦我们开始体验寒冷、饥饿、恐惧、厌倦与绝望,便只想着离开。当G. K. 切斯特顿被问到他会带哪本书去荒岛时,他的回答是"托马斯的《实用造船指南》"。

所以可想而知,大海中那些不存在的岛屿都是岛民想象出来的,它们可能有着令人惊异的地貌,或是惊险刺激的传说。大陆上的居民不大需要在其他土地上重建家园:在高山、森林、峡谷的另一边,一定住着他们的同类,与他们分享着相似的故事。而在岛屿上,不存在"其他土地":一切触手可及,毫无遮掩。这就是为什么盎格鲁-撒克逊人为了幻想另外一种生存方式,杜撰出地平线另一端不可见的岛屿。这些岛屿可能会,也可能不会被发现,不过它们也不需要以物理形式存在。这种虚构的岛屿版图在希腊、中国以及阿拉伯世界的早期都出现过,但所有虚构岛屿无一例外均可划归的三种基本形式都在短短两个世纪之内,由大不列颠岛民想象与定义:托马斯·莫尔[1]的乌托邦、莱缪尔·格列佛到访的岛国[2],以及鲁滨逊·克鲁索的岛屿。

1719年4月25日,一部题为《约克郡水手鲁滨逊·克鲁索的奇遇人生》(*The Life and Strange Surprizing Adventures of Robinson Crusoe of York, Mariner*)的八开两卷本图书在伦敦出版,并且号称是由主人公"亲自撰写"的。此书立刻获得了巨大的成功。按照隐形作者丹尼尔·笛福的说法,这不是一本小说,而是真实事件的编年史,尽管他效仿的是不被希罗多德[3]承认的历史学家。这本书到底是否像其所宣称的那样基于事实,其实无关紧要:书中令人身临其境的叙述足以让读者相信故事是真的发生了。在笛福的读者看来,叙述者可能是虚构的人物,但他讲述的都是真实的

---

1 Thomas More(1478—1535),英国政治家,空想社会主义学说创始人。
2 出自英国作家乔纳森·斯威夫特(Jonathan Swift,1667—1745)所著小说《格列佛游记》。
3 Herodotus(前480—前425),古希腊历史学家,被尊称为"历史之父"。

事件。

确实如此。1704年,也就是此书出版前十五年左右,一位名叫亚历山大·塞尔柯克(Alexander Selkirk)的海员不明缘由地被船长扔在了智利海岸线附近无人居住的胡安·费尔南德斯岛上,直到五年后的1709年才被救出。塞尔柯克的故事启发了笛福,后者将之扩充改进,把这位水手的经历改编为原始社会的奠基史,如同它的著名忠实读者卡尔·马克思所说的那样,"说明了经济理论是如何运作的"。克鲁索就像是原始人,是开启所有人类艺术及技能的亚当。他的岛屿成了所有人类活动的示范模型,其独特的发展历程也体现了可行社会的内在契机。克鲁索可以从哲学的角度设想一个全新世界的可能性,因为[正如德国学者汉斯·布鲁门伯格(Hans Blumenberg)指出的]"幸存者眼中的船难是原始哲学经验的象征"[1]。

虽然故事的最后鲁滨逊·克鲁索回到了家乡,但他的读者们清楚,他绝对不会真的抛弃那座小岛,在那里,他是世界的领主,在其他地方,他只是一个普通的英国人。不管塞尔柯克怎么想,鲁滨逊不能被拯救。

---

[1] 出自《海难与观者:存在隐喻的范式》(*Schiffbruch mit Zuschauer: Paradigma einer Daseinsmetapher*)。——原注

博尔赫斯在1964年创作了一首题为《亚历山大·塞尔柯克》的十四行诗,为这位克鲁索原型写下回到英国后的心声:

> 我不再是一直以来
> 在茫茫大海深处远远凝望的那个他,
> 而我又该如何让另外的自己知道
> 我已获救,回到家中?

克鲁索的读者们同样清楚,第一个登陆荒岛的人是不存在的。即使我们深信没有其他人踏足过这片沙地,在文学的记忆中我们早已抵达。自克鲁索于1659年10月的那天早晨到达孤岛以来,我们可能一直在或多或少地重复他最初的行迹。瑞士鲁滨逊家族[1]、《吉利根岛》[2]里的那帮船难幸存者、追随蝇王的孩子们、真人秀节目中可怜的参赛选手、登月的尼尔·阿姆斯特朗——他们全都再现了丹尼尔·笛福为他笔下的倒霉英国绅士编排的步伐。克鲁索当然是一位绅士。他信

---

1 出自瑞士作家约翰·戴维·威思(Johann David Wyss,1743—1818)所著小说《瑞士鲁滨逊家族》(*The Swiss Family Robinson*),同样讲述了船难幸存者的故事。
2 *Giligan's Island*,20世纪60年代的荒岛题材电视剧。

奉英国国教（还扔掉了几本天主教的书），坚信所有与他相貌有异的人都是野蛮人（比如食人族，比如黑人），信心满满地肩负起在帝国之外的荒芜世界传播文明的任务（即使那个世界只不过是一片光秃秃的岩石群）。他什么都会干：建造房子、架设篱笆、绘制处女地的地图、晒山羊皮、为自己缝制外套、种植小麦、烤制陶罐、下厨做饭。他以英国王室的名义做了这么工作，却无人欣赏！

因此笛福为克鲁索引入了忠仆星期五。如果没有星期五，没有这位野蛮的原始人，便没有观众能够见证克鲁索的事迹。没有影子的克鲁索会彻底消失。（毕竟星期五不就是阴沉朴实版的克鲁索吗？并且其孤独忧郁的程度与英国原版相当。）他会像那位在岛屿间漂泊良久才回到故乡的古希腊前人一样，沦落为无名之辈。[1] 甚至在星期五出现之前，故事里的克鲁索确实是没有名字的，因为没有人能问起他的名字——没有提问者，没有谈话对象，没有语言也没有想法。克鲁索用来记录观察结果的笔记本不足以构成他的身份：作者的文字须由读者赋予生命，正如我们所知，文学是一种双向的艺术。在其荒岛余生中接二连三出现的狗、猫、

---

[1] 应指回国后装扮成乞丐，所以无人认出的奥德修斯。

山羊、鹦鹉也是如此：他们只是宠物，只是克鲁索独角戏的哑巴观众，不是可以交谈的伙伴。而星期五是具有语言天赋的人类，能在克鲁索的基督信条教导下学会与莎士比亚说同一种语言，在这一点上他胜过克鲁索。因为克鲁索不会学习星期五的语言，也永远无法了解星期五的信仰世界。简而言之，星期五是克鲁索得以存在的前提。歌德于1918年出版的《西东诗集》(*West-östlicher Divan*)中有这样一首关于史前银杏叶的诗，这片叶子看上去只有一面，实际上是双面的：

> 小小的叶子飘向东方
> 落在我的花园里，
> 它蕴含深厚的奥秘
> 带给智者启迪。
>
> 是这绿色生物
> 一分为二却依然完整？
> 还是合而为一
> 融成独一无二的灵魂？
>
> 这些问题的正确答案
> 就在每个人的心里。

你难道无法从我的诗句里读出

我也有两个一样的自己?

自克鲁索从赫尔市的码头启程之日起,星期五就存在于他的想象之中。早在克鲁索发现星期五的脚印之前,这个野蛮人就已经在他的脑海里浮现,他注定要为一位信仰基督教的英国白人绅士服务,因为他不是英国人,不是基督徒,也不是白人。对星期五以及他的后人来说,一百年后发表的《人权宣言》没有任何意义。是的,奴隶制将被废除,但其他形式的奴役只会取而代之:童工、低薪、土地征用、性交易、种族灭绝、自然资源的破坏、工业导致的饥荒、流离失所、背井离乡。而现在的星期五,即使不是克鲁索的奴隶,也总是低人一等的存在。他的使命是在农田、车间、办公室或血汗工厂里工作,为主人服务,谦卑谄媚。或许正是为了让爱弥儿了解不平等的意义,卢梭才将《鲁滨逊漂流记》选作他的床头书。[1]

---

[1] 出自卢梭的教育学著作《爱弥儿》(*Émile*),其另著有《论人类不平等的起源和基础》(*Discours sur l'origine et les fondements de l'inégalité parmi les hommes*)。

魁魁格

*

唯一真实存在的外星空间是我们所寄居的身体。其他的一切都是亟待探索的。最遥远的星球和海底最深处的峡谷都向着人类的好奇心敞开，但那些所谓我们的所有物只是基于某种信念才属于我们。我们能够认出镜中的脸庞，却只是从左至右地观察，我们的背面就像月球表面一样未知（甚至更加未知，因为中国人正在精心探索后者这片目前为止仍是秘密的区域）。成年人的皮肤面积在十六至二十一平方英尺之间，而大部分人最多只看见过其中的三分之一。约翰·邓恩[1]曾在《病中赞美上帝，我的上帝》中写道，他的"医生是宇宙结构学家，而我是他们的地图"。我们的医生比我

---

[1] John Donne(1582—1631)，英国诗人，下文提到的诗歌原题为"Hymn to God, My God, in My Sickness"。

们自己更了解这幅地图,仿佛我们在皮肤上写就了一本仅供他人阅读的书。

古登堡[1]发明了印刷机,五个世纪之后,卡夫卡在他有关流放地的故事[2]中虚构了一台由三个部分组成的杀人机器:底部躺着犯人的地方叫作"床",顶部是"绘制仪",中间移动的部分是"耙"。耙子上有两种尖针,长长短短排成几排。长针会在罪犯皮肤上刻下他所触犯的法条,短针则喷出清水洗净血液,以保持文字的清晰。整个装置是一台自动化的书写机器,魔鬼版的古登堡发明。历史学家伊丽莎白·艾森斯坦(Elizabeth Eisenstein)曾称古登堡的印刷术"让上帝之言更加多样,表现方式却更加统一"[3]。卡夫卡机器的恐怖之处在于犯人并不知道文字的具体内容。

《白鲸》里的鱼叉手魁魁格身上文满了象形文字,出自其故乡科科伏柯岛的已故先知之手,内容包含完整的天地理论及一篇有关求真的玄学论述。按照以实玛利的说法,魁魁格本人是"等待揭开的谜题,装订成卷的奇书,但连他自己也无法解读那些奥秘,尽管他的

---

[1] Johannes Gutenberg(约1400—1468),德国人,西方活字印刷术发明人。
[2] 即1914年创作的《在流放地》(*In der Strafkolonie*)。
[3] 出自《作为变革动因的印刷机》(*The Printing Press as an Agent of Change*)。——原注

心脏就在下方跳动"。这些奥秘"因此注定与这张刻载它们的鲜活羊皮纸一起腐烂,最终也无人知晓"。以实玛利觉得这就是为什么亚哈在某天早上看到他的文身后会发出这样的感叹:"这究竟是神是鬼啊!"

以实玛利的皮肤上也有文身,不过这只是他在流浪途中用来记录事实、收集数据的几页笔记,"因为没有其他办法能够安全保存信息"。他的右臂上文有搁浅鲸鱼的尺寸,还在身体其他部位为"当时构思的诗"预留了几块地方。魁魁格的文身具有魔力,是通用文字。以实玛利的文身仅仅是他自己的涂鸦。雷·布拉德伯里[1]——后来成为约翰·休斯顿[2]版的《白鲸记》的编剧之一——在创作他的《绘图人》时,脑海中一定浮现过魁魁格的模样。

魁魁格不识字。他会拿起一本书,从容地按照规律数书页,每五十页停顿一下,茫然四顾后发出一声惊叹,再接着数五十页。以实玛利试着向他解释某本书的用意以及插图的含义,这样的教学活动似乎在同床躺卧的两人之间建立了某种联结,让他们好似"相亲相爱的一对":一位受过教育却生活不易,在大海上参与

---

1 Ray Bradbury(1920—2012),美国科幻小说作家,下文提到的作品原题为 *Illustrated Man*,主人公也是一位全身文满图腾的男子。
2 John Huston(1906—1987),美国电影人。

自杀式的航行,另一位目不识丁但自给自足,并且就像一位真正的哲学家一样,不会过分关注生存与奋斗的话题。

在以实玛利看来,大海对其后裔而言是魔鬼般的存在,"比谋杀自己宾客的波斯主人还要歹毒",一点也不像那个"温驯的绿色地球"。以实玛利向读者呼吁道:"海洋和陆地,把它们摆在一起想一想,难道你没有发觉自己身上也有与之惊人相似的地方吗?可怖的大海围绕着碧绿的土地,就像是人心中央的孤岛塔希提,内部祥和欢乐,周遭却是未知生活带来的无尽恐惧。"他也提醒读者以及自己:"别远离那座岛屿,不然你永远无法回头!"

魁魁格不会因为他不知道或读不懂的东西忧虑。一切有迹可循,比如他皮肤上的图腾,这足以令他满足,足以让他与这个世界和平共处。他眼中的世界"每一寸都是邪恶的",他会一直信奉自己小小的木质神像约约,"至死都是异教徒"。

而以实玛利和二副斯塔布是同一种人,相信所有可见物都是"硬纸板做的面具",并且"在每件事情上,一些未被发现却有理有据的事物会在缺乏理性的面具背后塑造自己的模样"。斯塔布还补充道:"我最讨厌的就是那些故弄玄虚的东西。"而魁魁格可能不知道讨厌是什么意思。

当魁魁格以为自己快要病死的时候,他拒绝被裹在吊床里像垃圾一样扔掉,埋葬在吞噬死尸的鲨鱼口中。他想葬在灵柩船里,船上的木匠使用从拉克戴群岛的原始丛林砍来的"异教风格的棺材色旧木头"为他做了一个。魁魁格在灵柩里放了鱼叉、几块硬饼干、一瓶淡水、一小包含有木屑的泥土以及一团帆布卷成的枕头。突然在毫无预兆间,魁魁格精神大振:他(就像苏格拉底一样)想起自己在岸上还有没做完的事情,打消了寻死的念头(这与苏格拉底不同)。魁魁格坚信如果一个人决心生存下去,疾病是无法杀死他的:"除了鲸鱼、飓风,或者其他暴力野蛮无法无天的破坏王,没有什么"可以宣告他的终点。魁魁格没用到的灵柩船最终救下了以实玛利,当船只被拖入裹藏一切的大海,这艘小船像救生圈一样出现,缓缓漂到他身边。一天一夜之后,以实玛利被正寻找自己失踪孩子的"拉结号"所救。

"对尘世间种种事物的疑惑,以及对若干天意的直觉,"以实玛利说道,"这两者的结合不是信徒,也不是异教徒,而是对此一视同仁的人。"魁魁格就是这样的人。

暴君班德拉斯

*

"暴政不是偶尔的窃取或简单的暴力,而是大肆掠夺一切,无论神圣还是世俗,私属还是公有。"苏格拉底在柏拉图的《理想国》第九卷中对他的听众如此说道。"而真正的暴君其实是阿谀奉承的奴隶,受制于无可比拟的奴役。他会向最卑鄙的人献媚,永远无法满足自己的欲望,因为他妄图拥有一切,本质上却一贫如洗,这在所有懂得观察人性的人看来都是显而易见的。他的一生都充满了恐惧、不安、痛苦,实际上他就是自己所统治的城邦的写照,"最后他总结道,"被暴君统治的城邦是最为不幸的。"

苏格拉底所描述的是广义上的暴君,存在于每个年代、每个国家,但拉丁美洲似乎尤其利于暴政的发展,近年来的非洲大陆以及围墙坍塌前的苏维埃集团也不遑多让。为何地球上有这样一大片土地在短短两个世纪内如此臭名昭著,这或许是个没有答案的问题。1830 年,解放者西蒙·玻利瓦尔[1]就在信中预见了这一点,尽管他没有试图解释这种状况。"美洲"——玻利瓦尔以整个大陆称呼拉丁美洲——"对我们来说是个无法统治的地区。那些为革命效力的人们正在大海上耕耘。在美洲唯一要做的事情就是移民。这片土地必将落入一群毫无节制的暴君手中,他们肤色各异种族不同,卑微得不足道也。"

玻利瓦尔的预言成为现实,致使卡洛斯·富恩特斯[2]在不到一百五十年后向他的拉美作家友人提议,他们每一个人都应当撰写一部有关自己国家暴君的小说,系列的名字可以叫作"祖国之父"。富恩特斯显然是意识到拉丁美洲的二十七个国家都至少享有(不确定这里的用词是否合适)过一位暴君,有的经历了两三位,甚至更多。遗憾的是,这个计划一直没有完成,不过仍有几部杰作诞生:哥伦比亚的加夫列尔·加西亚·马尔克斯著有《族长的秋天》(*El otoño del patriarca*),危地马拉的米盖尔·安赫尔·阿斯图里亚斯(Miguel Angel Asturias)著有《总统先生》(*El Señor*

---

[1] Simón Bolívar(1783—1830),拉丁美洲独立战争的先驱。
[2] Carlos Fuentes(1928—2012),墨西哥文学家。

Presidente），巴拉圭的奥古斯托·罗亚·巴斯托斯（Augusto Roa Bastos）著有《我至高无上》（*Yo el Supremo*），秘鲁的（尽管故事背景设定在多米尼加共和国）马里奥·巴尔加斯·略萨（Mario Vargas Llosa）著有《公羊的节日》（*La Fiesta del Chivo*）。富恩特斯本人则是在 1962 年出版了《阿特米奥·克鲁兹之死》（*La Muerte de Artemio Cruz*）。以上所有小说的主人公都符合苏格拉底对暴君的定义。

拉美暴君式的阴暗人物同样吸引了来自欧洲的作家。自约瑟夫·康拉德（Joseph Conrad）的《诺斯特罗莫》（*Nostromo*）伊始，继而是赫伯特·里德（Herbert Read）的《绿孩子》（*The Green Child*）、格雷厄姆·格林（Graham Greene）的《名誉领事》（*The Honorary Consul*）以及不久之前达尼埃尔·佩纳克（Daniel Pennac）的《独裁者与吊床》（*The Dictator and the Hammock*），这些欧洲作者在大洋对岸的异域暴君身上也看到了自己国家或邻国的影子。在此之中，最为复杂惑人的主人公莫过于拉蒙·德尔·瓦勒-英克朗（Ramón del Valle-Inclán）笔下的暴君班德拉斯。

瓦勒-英克朗于 1866 年在加利西亚[1]最贫困的村

1　Galicia，西班牙西北部省份。

庄里出生,后来进入圣地亚哥联合大学学习,毕业后开始在马德里从事记者工作。在现代主义诗人(比如当时定居西班牙的鲁文·达里奥[1])的影响下,他早期的作品就像一位评论家所称的那样"散发着抒情的恶臭",描写的都是供人享乐、为所欲为的世界,由尼采的超人和蒂尔索·德·莫利纳的唐璜的结合体所主宰。或许是1916年赴法担任战地记者的经历彻底改变了他对战争和暴力的看法。这位年至五十的作家抛弃了保守派贵族们(他曾在1910年代表右翼参选人民议会,但落选),站在了左边(并再次竞选议员,转换了阵地的他依然失败了)。为了描绘他当前所目睹的世界,瓦勒-英克朗以粗粝质朴的文字撰写了一系列知名的剧作与小说。他将这些作品称作"惊悚集"(esperpentos),是怪诞与恐怖的集合,欧洲文学经典主题的畸形倒影。而他的第一部也是最好的一部"惊悚"小说就是《暴君班德拉斯》。

《暴君班德拉斯》的故事发生在一个虚构的南美洲国家圣非德铁拉菲尔梅,灵感来自瓦勒-英克朗在墨西哥的经历。他在1892年二十六岁的时候初次到访墨

---

[1] Rubén Darío(1867—1916),尼加拉瓜诗人,也是第一位对欧洲诗坛产生了重大影响的拉丁美洲诗人。

西哥,那时他还是一位初出茅庐的作家,成名后又于1921年再次停留。1923年至1930年的西班牙由普里莫·德里维拉(Primo de Rivera)独裁统治,在此期间因审查制度受难(曾因反对德里维拉的言论短暂入狱)的瓦勒-英克朗决定将他对德里维拉暴政的描写转嫁到他所熟悉的拉丁美洲大陆上,这样既可以参考波尔菲里奥·迪亚兹(Porfirio Díaz)在墨西哥的专政,又可以不受条条框框的约束。桑托斯·班德拉斯这个角色不光包含普里莫·德里维拉和波尔菲里奥·迪亚兹两个人的元素。在写给学者阿方索·雷耶斯[1]的信中,瓦勒-英克朗解释道,《暴君班德拉斯》是"关于一位暴君的小说,班德拉斯身上有着弗朗西亚博士、罗萨斯、梅尔加雷霍、洛佩兹、[2]波尔菲里奥的影子",全部都是拉丁美洲的独裁者。无论原料来自哪里,这项实验成果最终获得了巨大的成功。"我在《暴君班德拉斯》之前写的东西都不值一提,"瓦勒-英克朗在受访时承认,"这本小说才是我的处女作。我的写作生涯要从这里开

---

[1] Alfonso Reyes(1889—1959),墨西哥作家、哲学家、外交家。
[2] 以上提到的人物分别指各个国家的统治者:巴拉圭的 José Gaspar Rodríguez de Francia、阿根廷的 Juan Manuel de Rosas、玻利维亚的 Mariano Melgarejo 以及巴拉圭的 Carlos Antonio López 与 Francisco Solano López 父子。

始。"他那时已经六十岁了。

这部有关暴君桑托斯·班德拉斯的传记由琐碎的对话片段与简单的动作场景构成,但这种拼凑的效果又由缜密的结构呈现。仿佛但丁的《神曲》(瓦勒-英克朗在青年时期拜读过的作品),班德拉斯的一生围绕着数字三和七建立:全书分为七个部分,中间部分有七篇,剩下六个部分每个部分三篇。总共是二十七篇[1](三乘以三乘以三)。除此之外,故事的跨度是三天,并且有三个决定性的时刻:第一处在序幕,第二处是小说进展到一半时,最后是在第七部分的第三篇中。

对数字的执着可能反映了瓦勒-英克朗对神秘学的迷恋,因为三和七都号称具有独特的玄妙含义。他创作的主要角色也都仿佛拥有超人类的特质。班德拉斯本人就像是与魔鬼缔结了条约的浮士德:他从不睡觉,没有亲近的朋友,看上去无所不能。他的反对者唐·罗克·塞佩达同样带有神秘的光环,只不过他的"神秘学"倾向来自他在神智学方面的研究,这是一种古老的信仰体系,"求真者"可以借此发现所有可见或不可见的事物是如何运作的,进而与鬼魂交流。整部小说的氛围都十分玄幻。尽管没有言明,但有关不可

---

[1] 包括序幕及尾声两篇。

思议的超凡存在的暗示总是不断出现在当地的迷信传说、土著人的言论以及对景色环境的描写中。

班德拉斯是个只混了几滴西班牙血液的纯种印第安人。他暴力嗜血,喜怒无常,听信谣言又善于策反敌人,同时还有清教徒的特征,声称厌恶通奸和卖淫行为。他沉默寡言,行动隐秘,总是像个牧师一样一身黑衣。他的神情永远凶残锋利,令人捉摸不透,说话时有礼却狡诈,笑声尖酸又刻薄。与许多拉美暴君(比如罗萨斯、斯特罗思纳、魏地拉)[1]一样,班德拉斯认为自己是一名爱国者,事实却是他仅仅醉心于绝对的权力。也许这便是拉丁美洲独裁者之间的共同点:他们凭借玻利瓦尔所憎恶的"不可统治性"崛起,对逍遥法外的他们而言,宪法规章上的条款在大多数情况下只是大型巴洛克画卷上的华丽辞藻。

与巴洛克风格相应的是这位暴君歌剧式的结局,在某种程度上,其受害者未言明的夙愿——得到了实现。班德拉斯在圣马丁德洛斯蒙特塞斯修道院被敌人包围,知道自己命不久矣。他在最后一刻为了防止女儿落入袭击者手中,自己拔出匕首捅死了她,然后倒在

---

[1] 后两位分别为巴拉圭独裁者 Alfredo Stroessner Matiauda 以及阿根廷独裁者 Jorge Rafaél Videla。

弹雨之下。他的头颅被砍下，在广场上示众三日，剩下的尸体被分为四等份，送往圣非德铁拉菲尔梅的四个主要城镇。

虽然桑托斯·班德拉斯身边的角色都很复杂多面，但围绕着他的无名人群才是最有力的形象。士兵、土著人、妓女、仆役、罪犯、农民、外交官、政客组成了永远存在于暴君周围的有机怪物。生活于二十一世纪的我们可以证明：所有通过推特或怒骂获得权力的暴君身后都有一群谄媚的献祭者盲目支持着他。

希德·哈梅特·贝内恩赫利

*

他是西班牙文学史上最伟大的作者。他用阿尔哈米亚语（Aljamiado，一种西班牙阿拉伯人使用的罗曼语）而非卡斯蒂利亚语（Castilian）写作。与西班牙犹太人在北非流亡时所使用的拉地诺语（Ladino）相似，阿尔哈米亚语是阿拉伯语与卡斯蒂利亚语的结合，一种盛行于西班牙阿拉伯民族聚居区的浮夸文字，在1609年摩里斯克人（Morisco）被逐出后猝然消亡。[1] 他的名作很可能因此失传，与其他失传的巨著命运相同，它们崇高的灵魂在我们的图书馆内久久徘徊：比如荷马的喜剧史诗《玛吉兹》（*Margites*），被亚里士多德称为"喜剧

---

1 阿尔哈米亚语是用阿拉伯字母写成的西班牙文；罗曼语指由拉丁语演变而来的语言，包括法、意、西、葡语等；卡斯蒂利亚语即西班牙语；拉地诺语是地中海沿岸一些国家的西班牙及葡萄牙籍犹太人所讲的一种西班牙语；摩里斯克人指西班牙境内改宗基督教的穆斯林。

之父";或者是亚里士多德《诗学》的第二卷,甚至成了翁贝托·埃科[1]的《玫瑰之名》中的杀人动机。不过多亏了一位名叫米格尔·德·塞万提斯·萨维德拉的士兵,爱好文学的他让一部杰作得以流传至今。

按照塞万提斯本人的说法,他的确曾尝试以一位年长骑士为主人公撰写故事,对方住在西班牙某个不知名的小镇上。当时的塞万提斯正因莫须有的罪名身陷囹圄。也许正是由于这段因被诬告而遭关押的经历,他想象出一个比自己更愚蠢却更勇敢的人,这个人不畏万难,决心挑战世界上所有的不公。困于阴暗潮湿的四壁之内,"各种各样的不适无所不在,世上所有的哀怨汹涌而至",这无疑让他回想起非洲北海岸上那段更遥远、更漫长的监禁,这位囚犯幻想出的形象拒绝屈从于虚伪的现实,决意只遵循自己所选定的道德体系。他所创造的堂吉诃德反对社会的伪善,拒绝隐藏自己的信仰,不愿只活在表象之中,他心中的真理是绝对的自由,自由选择自己的道德准则,并在不肯承认它的人面前大肆宣扬。

不过同样按照塞万提斯本人的说法,在写到这部

---

[1] Umberto Eco(1932—2016),意大利文学家、哲学家,下文提到的作品原题为 *Il nome della rosa*。

英雄史诗的第八章时,他失去了灵感,故事在一段惊奇的冒险途中戛然而止。某一天,无法继续写作的他在托莱多[1]的市场里闲逛,在其中一个摊位上发现了一本破破烂烂的阿拉伯文手稿。塞万提斯是那种来者不拒的读者,连街上找到的碎纸片也不放过,好奇内容的他买下了手稿并开始寻找翻译。他很快就找到了一位,因为托莱多一直是欧洲最负盛名的翻译中心之一,尽管穆斯林及犹太人已被依法驱逐,但在城镇街道上找一位精通阿拉伯语或希伯来语的翻译仍然不是难事。塞万提斯把翻译带回自己家,支付了五十磅葡萄干的报酬(当今译者的稿酬并没有太大提升),一个半月后,西班牙语的堂吉诃德历险记翻译完成。原作小说的作者署名为希德·哈梅特·贝内恩赫利。

塞万提斯直白地告诉我们他不是这本书的父亲,而是继父,他是故事的传递者,而不是创造者。数百年间的读者们都不相信这一说辞。比起发现一部希德·哈梅特·贝内恩赫利所作的手稿,此书由塞万提斯在狱中完成更加可信。不过这两种说法都同时具有虚构和真实的成分。塞万提斯所在的世界(与我们当前的世界一样)充满了角色扮演和面具遮掩。

---

[1] Toledo,西班牙古城。

在塞万提斯的时代，占西班牙人口三分之二的穆斯林和犹太人被驱逐出这座半岛，只有选择皈依基督教或假装皈依基督教的人才可以作为"新基督徒"留下。这些人被称作摩里斯克人（前穆斯林）以及马拉诺人（Marrano）或孔维索人（Converso，前犹太人）。天主教在1492年占领格拉纳达[1]，国王在投降条约中承诺保障的宗教自由于七年后被废除。1605年（《堂吉诃德》第一部出版）至1615年期间（第二部出版），西班牙国王下令驱逐新基督徒，认为他们所谓的皈依只是谎言。在这样一个世界里，表面优先于本质，感知优先于事实。

鉴于偏见就是避免复杂，各地使用阿拉伯语的人群——安达卢斯[2]、突尼斯、阿尔及利亚、摩洛哥、土耳其等中东地区的阿拉伯人被统称为摩尔人（Moor）。无论是何时被驱逐的，也无论是否改宗基督教，这些摩尔人一律被视为西班牙"老基督徒"的敌人。那么为何一位西班牙作家会宣称自己的作品出自摩尔人之手？并且不单纯是摩尔人而已，他还代表着被驱逐出自己国家的人民，代表着"彼岸"的民族，这群大众眼中的野蛮人劫掠基督教城市、攻击西班牙战船，就像囚禁了塞万提

---

1 Granada，西班牙南部省份，当时被穆斯林统治。
2 Al-Andalus，西班牙南部城市。

斯五年之久的阿尔及利亚海盗一样向西方世界复仇。

类似的疑惑在希德·哈梅特这里更是比比皆是。他的叙述总是前后矛盾：故事发生在拉曼查[1]的某个村镇，具体的地名却被刻意忽略；人物的姓氏也是不确定的（那位老绅士到底是叫阿隆索·吉哈达还是阿隆索·克萨达，又或是阿隆索·吉哈那？桑丘是姓潘沙还是桑伽斯？）；让堂吉诃德和桑丘在巴塞罗那的印刷厂读到自己的故事，从而颠覆小说的传统叙事，篡夺真实读者的身份。在短短八个章节后被塞万提斯打断的冒险故事，不断插入的各种情节、论述、诗歌，回到骑士故乡这个起点后再次上路，亚里士多德所谓的线性叙事在这里变成了希德·哈梅特口中"一条凌乱、曲折、破损的线"。现实被展现为一系列近似写实的片段，这段编年史时而体现时而否定一个疯狂之人（堂吉诃德）的世界观，或者说是世人眼中的疯狂之人（阿隆索·吉哈诺）。因此，向我们描述这一现实的作者也应当甚至必须是碎片化、模糊化的。为了描写不可描写的事物，《堂吉诃德》的作者将自己设定为被逐之人，身为局外人的他能够最大限度地了解这个排外社会的本质。我们对《堂吉诃德》可以有无数定义，其中之一便是对影

---

[1] La Mancha，西班牙近马德里的地区，堂吉诃德的故乡。

戏:阿隆索·吉哈诺与堂吉诃德、堂吉诃德与桑丘、阿尔东萨·洛伦佐与杜尔西内亚、桑丘与阿隆索·吉哈诺。除此之外,博尔赫斯还加上了一位吸收并反衬了以上所有角色的特别人物:皮埃尔·梅纳德,二十世纪的《堂吉诃德》作者。[1]

我们总会忘记自己阅读的这本希德·哈梅特所写的小说理论上是翻译作品,也就是说,这是一部值得被转换为原著之外的语言,以扩大读者群、提升影响力的文学作品。在十五至十六世纪的西班牙,能被译成外语的作品往往意味着更高的地位。这证明了《堂吉诃德》的文学价值,它既宣扬又嘲弄了中世纪的骑士精神——不计后果坚持正义的英雄主义。如果坚持正义的结果只是在似乎已成定局的不公现实面前建立一种理想,那么书写有关正义的故事本身也需要勇气,是通过想象中的善行改变神谕世界的勇敢尝试。

骑士制度并不直接等同于堂吉诃德的道德体系,骑士精神是此种道德体系在世间的必要表现形式。然而,在堂吉诃德的世界里,按照自己的道德体系行事不足以扮演上帝。我们的道德行为不会产生相应的道德

---

[1] 出自博尔赫斯所著短篇小说《〈吉诃德〉的作者皮埃尔·梅纳德》(*Pierre Menard, autor del* Quijote)。

结果,除非我们做到了只有上帝能够理解,而身为工具的我们无法意识到的事。自发的正义行为并不一定能够实现正义:这是神的领域。此处的语境是伊斯兰教背景,而非基督教传统下的:《古兰经》中写道,"谁可以选择一条通达他的主的道路。除真主意欲外,你们决不意欲"。也许堂吉诃德是遵从了上帝的旨意相信正义,但这种授意没有发展为付诸实践后的成果。正如约伯的试炼是向上帝展现苦难的模样,堂吉诃德便是上帝眼前的正义之镜。

但现实仍是如此吗?现在的我们希望作者是位英雄,是颗明星。我们希望塞万提斯是个叛教者,他的父辈可能也是被迫改宗的新基督徒,在阿尔及利亚被俘的他斯德哥尔摩综合征发作,将羁押自己的摩尔人认作同胞,也通过他们了解了被驱逐的安达卢斯文化。我们希望在所谓的作者希德·哈梅特·贝内恩赫利身上看到复兴与轮回的象征,在偶尔对阿拉伯文化的致敬中看到反抗的意志和铭记的决心。我们希望将书中对摩尔人的诋毁理解为人物自身的属性,就像是《黑暗之心》[1]中的种族歧视言论,或者是《威尼斯商人》中的反犹倾向。我们希望塞万提斯能向我们证明,在偏见

---

1 *Heart of Darkness*,约瑟夫·康拉德作品。

之外,在专政的野心与排外的政策之下,能有作家想方设法发出反对的声音,为读者高举人道主义的旗帜。我们希望作者唤醒良知,希望希德·哈梅特救赎我们。

可惜的是,这或许只是一厢情愿的想法。或许塞万提斯将《堂吉诃德》归功于希德·哈梅特只是一种巧妙的文学手段,就像侦探小说的作者通常会把看似最不可能的角色定为凶手:不是因为这样的决定具有什么象征意义,而是因为这样做最具戏剧效果。或许塞万提斯对摩尔人问题的看法与其他局外人一样困惑且矛盾,并且鉴于他所写的并不是政治论文或历史记载,只要故事进展顺利,他不会在意自己的观点是否清晰。或许他没有预料到未来的读者除了小说结局,还会关心作者对所处社会的态度。或许塞万提斯无法想象我们今天所指的真相不是事件的内在道理,而是将事实按时间顺序排列,呈现在有书面材料支撑的数据网络之中。当代的作者们抱怨道,他们被要求针对所有事物发表观点,从食物到时尚,从伦理道德到性别政治。这样看来,我们对逝世已久的作家也有类似的要求:要求荷马思考战争,要求索福克勒斯评价女性,要求莎士比亚批判犹太人,要求伏尔泰讨论公民义务——然后假设他们通过自己的作品说明了一切。我们都忘记了,小说不是账本也不是经书,并不传播信息或教义。

相反,它的生命力正是来自模棱两可的文字、尚未成熟的观点,来自暗示、直觉与情感。

当然,现在的我们也可以尝试与希德·哈梅特对话,像中世纪的读者在维吉尔的诗句中寻求答案一样追问他,甚至形成翻版的"维吉尔卦"[1]。我们可以让这本书教导我们,启迪我们,赐予我们有幸见证深谋远虑与反叛精神的机会,英勇地面对时代的黑暗——可怜的希德·哈梅特可能没有想到这么远。

众所周知,天赋鲜少与善义共存,而仅仅是因为我们总将伟大的艺术与美德联系在一起,所以才会觉得伟大的艺术家本身也是乐善好义的。无论塞万提斯是什么样的人,无论他对西班牙政权有什么看法,其实都无关紧要。重要的是对今天的读者而言,希德·哈梅特在《堂吉诃德》中无法忽视的存在感告诉我们,被排斥的文化不会轻易沉默,历史上的缺位与在场同样显眼,文学本身往往比文学家更具远见。

---

[1] Sortes Virgilianae,当时的人们相信维吉尔具有未卜先知的能力,民间开始流行以维吉尔的文字进行占卜。

约 伯

*

问题来了:他在等待什么?

神圣之书告诉我们,他是完美无缺之人,敬畏上帝,远离邪恶。他已婚,育有七子三女,蓄养了七千只羊、三千头骆驼、五百对公牛、五百头母驴,还有一大批仆从:他是东方最伟大的人。尽管这位老好人连苍蝇都不愿伤害,但他仍会早早起床,根据家庭成员的数量献上燔祭[1],唯恐子嗣犯下罪孽,或是暗自唾弃上帝。"事后追悔不如小心预防。"约伯肯定是这样想的。于是,约伯就在这称心如意的日日夜夜里安享晚年,家人和牲畜陪伴左右,不是美满的宴席就是感恩的祭祀。

如此美好的善行却刺激到了撒旦,因为上帝总是不断提到"我的仆人约伯",以此证明人类对他这位主

---

[1] 将没有残疾的牲畜放血后放在祭坛上焚烧。

人的忠诚。"这是当然的,"撒旦可能是这么说的,"如果你对他有求必应,他当然会感激你。豪华的住所、美味的食物、健壮的骆驼,乖顺的孩子、忠实的仆从……获得这么多奖赏,人人都会成为善人。不过如果你收回这一切,那就不一定了。"

追求完美的上帝无法拒绝这项提议。他允许撒旦做任何事,只要不加害于约伯。第二天,赛伯伊人[1]来到约伯的土地上,偷走了他的公牛和母驴,从天而降的火焰烧毁了羊群,迦勒底人[2]掳走了他的骆驼,荒野刮来的狂风吹翻屋顶,压死了正在用餐饮酒的约伯子女。听说了这一系列惨剧后,约伯称颂着上帝之名,撕开外袍,剃光头发,伏地跪拜,没有一句对造物主的不敬之言,就这样接受了自己的命运。

上帝大为欣慰,在撒旦面前夸赞约伯的态度。"你看他表现得多好!即使我夺走了他的一切,他也无怨无悔。""当然,"撒旦附和道,"不过那是因为他没有切身感受那些痛苦。如果你现在出手,伤害他的身体,他会当面诅咒你。"深信约伯正直为人的上帝同意让约伯从头到脚长满毒疮。即便如此,约伯也没有抱怨一声,

---

1 Sabean,前伊斯兰时代阿拉伯半岛南部的民族。
2 Chaldean,古代生活在两河流域的居民。

只是坐在炉灰上,拿起一块陶器碎片刮擦他发痒的疮痂。约伯的妻子却无法继续忍受这一切。"你傻了吗!做点什么呀!"她大叫道。约伯仍然沉默不语。

他的朋友向约伯劝说道(这便是朋友的作用),他所遭遇的神圣诅咒必然存在合理的解释,因为这种事情是不会无故发生的,也许约伯本人并不像表面那样无懈可击。但约伯坚持道:他一向只行正确之事,不过区区凡人又岂能领会全能之手的用意呢?

迈蒙尼提斯[1]在他的《迷途指津》中的解释是,按照哲学家(在这里他指的是亚里士多德)的说法,上帝并不知道也无法知道人类世界发生的每一件小事,原因如下:一是因为具体的事物需要通过感官了解(而上帝没有躯体,也就不可感知);二是细节的数量是无限的(而无限,顾名思义,是上帝也无法掌握的);三是具体的细节是时间的结晶,随着时间的变化,上帝对它们的理解也应改变(然而上帝是永恒不变的)。迈蒙尼提斯认为,亚里士多德将一切归因于上帝的不知情,而不是他的不公或无为。上帝让约伯受难,是因为他不清楚那些苦难的详情,更无法留意他的每一位后代或每一

---

[1] Maimonides(1135—1204),中世纪犹太神学家,下文提到的作品原题为 *Guide of the Perplexed*。

头骆驼。

迈蒙尼提斯随后发表了自己的观点。上帝的旨意只对人类有效。"仅仅是这一物种,"迈蒙尼提斯写道,"所有发生在他们身上的事情,个体经历的所有善恶都是他们应得的。"他还补充道:"但对动物、植物等其他存在来说,我的观点与亚里士多德一致——它们经历的一切在我看来都纯属偶然。"也就是说,上帝同样在意约伯的孩子,并且出于只有"天知道"的原因惩罚他们。而骆驼的命运与他无关。

在许多读者心中,约伯是完美公民的典范。事事顺利时,他心存感恩。事与愿违时,他依然如此。他毫无怨言,未有所求,更是任他的主人为所欲为。对约伯而言,不存在什么同业公会或者退休工人协会,也没有热心市民团体或者国际特赦组织。是不是见利忘义的迦勒底律师害他失去了一切?是不是赛伯伊的房产公司贪污了一大笔工程预算,导致他的房屋塌陷?他是不是在生病时被医院告知医疗保险无法支付必要的治疗费用?他是不是在工作中受到了剥削?他的孩子是不是在所谓的警察手中消失不见?约伯低下头,逆来顺受地重复着区区凡人无法领会全能者用意的自我安慰,也绝不控诉他的主人。

在圣经故事里,最后的赢家是约伯。神学家杰克·迈尔斯(Jack Miles)认为,当一切尘埃落定时,约伯让上帝沉默了。[1]《约伯记》里的上帝确实没有再开口说话。上帝看到约伯战胜了所有强加于他的苦难,暗自决定奖励他的巨大奉献,两倍返还之前从他那里夺走的东西。这便是最后的幸福结局。

但在现实生活中,结局则有所不同。约伯继续受难,看不到一丝曙光。问题来了:约伯还要忍受多久?他还要失去多少东西,才会意识到这样的不公是完全不可接受的?他到什么时候才会像古罗马律师一样问出那句"Cui bono"[2]——"谁在获益"?谁偷走了他的牲畜、土地、劳动的果实?谁应对他死去的孩子负责?人们在什么情况下才有权捍卫自身的利益,不被当权者的决定左右?约伯还要被剥夺多少权利,才能喊出那句"够了"?

撒旦的赌约仍在继续。

---

1 出自《上帝传》(*God: A Biography*)。——原注
2 用来指认犯罪嫌疑人的拉丁语短语,内含的逻辑是罪犯往往是为了获益而犯罪。

卡西莫多

*

二十世纪三十年代的某一天,一位阿根廷贵妇在布宜诺斯艾利斯市区的巴勒莫公园里散步时,遇到了一位乞讨的老妇人。这座公园以其内的玫瑰园闻名,这位女士也热衷于每天早晨漫步在馥郁芬芳之中。而她眼前的乞丐满脸疣子、牙齿泛黄、鼻子像球,令她感觉受到了冒犯。为了不再看见这丑陋的一幕,她每周付给乞丐一笔钱,让她远离这座美丽的公园。这位不走寻常路的慈善家十分满意自己的举措,在媒体上宣称她这样做是为了"捍卫美好"。这样的案例不足为奇:在十九世纪后期的美国,所谓的"丑陋法"禁止残障人士进入公共场所,这一规定在某些城市直至二十世纪七十年代才被废除。无论我们想象中的当今社会有多么文明开化,私下甚至公开场合的我们都会将丑陋视为一种罪行。

丑陋其实与美丽一样,是仁者见仁智者见智的。这是"存在即被感知"的另一种说法,无疑有它的道理,但丑陋这一概念也源于我们对必然存在的对立面的感知。亚里士多德在《形而上学》中提到,美丽的主要特点是"有序、对称、明确",所以我们可以推断出丑陋的特点即无序、不对称和模糊。

美学的一大悖论在于,我们(或许是出于对对比的坚持)意图从与定论相反的角度看待传统上的美丽或丑陋之物:认为一张美丽的脸庞是平庸乏味、缺少情感、呆板陈腐的,而丑陋的脸庞则是有意思、有故事、有美感的。许多文化都会丑化美丽,美化丑陋。纳瓦霍[1]的地毯织布工、阿曼门诺派[2]的缝被人、伊斯兰书法家、土耳其造船商都会特意在作品中保留瑕疵或者(学者口中的)"可控意外",以此展现他们的艺术技巧以及完美只属于上帝的信仰。日本的制陶工匠追求一种侘寂美学,根据克里斯平·萨特韦尔[3]的解释,他们眼中的美是"枯萎、褪色、暗淡、结疤、私密、粗糙、庸俗、短暂、踌躇、幻灭"的,这不仅颠覆了赏心悦目的传统概念,还

---

[1] Navajo,美国的印第安民族。
[2] Amish,北美洲戒律严谨的宗教团体,拒绝使用某些现代技术。
[3] Crispin Sartwell(1958—),美国哲学教授。[引文出自《美的六种命名》(*Six Names of Beauty*)。——原注]

迫使观者改变他们的审美习惯。奇丑无比的苏格拉底也通过自己的言论传达出智慧之美,并且这种美不会像皮肉之美一样腐坏。这种观念上的改变引发了一个问题,即仅仅通过一组特定的参数来评价某物或某人是否有失公允。

如果如此简单的概念——什么是丑,什么是美——都会产生巨大的变化,那么或许整个判断体系都应当受到质疑。当然,这并不意味着无差别地推翻所有价值观,而是应当更加仔细地审视文化教育、个人体验以及公认惯例是如何影响我们的眼睛和味蕾的。"如果你问一只蟾蜍什么是美,"伏尔泰曾写道,"他会告诉你,脑袋上凸起两只大圆眼的母蟾蜍是最美的。"[1]

在书页上阴魂不散的所有丑陋脸孔中,本质最无法定义的也许是巴黎圣母院的钟楼怪人,维克多·雨果笔下的卡西莫多。面对他的丑陋,作家本人也束手无策。"我们不应试图告诉读者四面体的鼻子、马蹄形的嘴、半藏在红色浓眉下的小小左眼、被巨大肉赘完全遮住的右眼、战后断墙一样参差不齐的牙齿、象牙般的牙齿龇出僵硬的嘴唇、叉状的下巴是什么样子,更不要提整张脸上集恶意、惊异、痛苦于一体的表情。如果可

---

[1] 出自《论美》。

以,让读者们自己想象这一切吧。"

这便是我们所做的:想象他。不仅是自 1831 年雨果的小说出版以来,甚至更早,从我们最初的噩梦开始,原始版的卡西莫多在穴居人的村庄游荡,连猛犸象猎人都害怕得逃窜。如果《创世记》的故事是真的,那么卡西莫多应该是按照耶和华的可怖一面创造出来的,天使和恶魔都会为之恐惧。今天的卡西莫多是我们在扭曲镜面中的投影,是我们不想成为的人,不想向世界呈现的自我。我们修饰自己,布置、装扮、梳理自己,我们依靠化妆和伪装遮掩他人可能嫌恶的特征。我们知道,正如贝克莱主教[1]所说,我们只存在于观察我们的眼睛里。

哈姆雷特的问题不会困扰卡西莫多:卡西莫多只想获得存在的权利。他想拥有与他人一样的权利,享受四季的变化、友人的陪伴,欣赏美好的事物。他希望自己可以不屈从于外貌,能够根据自己的感受和想法行动,而不是沦为恐怖的写照。他不想成为异形恐惧的化身。他可能也想像威廉·萨洛扬[2]笔下高空秋千上的勇敢年轻人一样,写一份《生存许可申请书》。但

---

[1] George Berkeley(1685—1753),英国哲学家。
[2] William Saroyan(1908—1981),美国小说家,下文提到的作品原题为《空中飞人》(*The Brave Young Man on the Flying Trapeze*)。

他没有。

内在与外在、可见与不可见的矛盾在文学中比比皆是,但当我们在现实生活中遇到这种矛盾时,依然会被它蒙蔽。温柔双眼的主人是克劳斯·巴比[1],特蕾莎修女却有着严厉的眉头和刻薄的嘴唇,加上希特勒与查理·卓别林同样的可笑胡子和滑稽表情,也不足以让我们积累经验。我们仍然相信卡西莫多那张脸与任何美好事物无关。

然而在卡西莫多本人看来,他与外表截然相反。他用陶罐向埃斯梅拉达献上可爱的花朵(在他的奇异隐喻逻辑下,这代表了他自己的形象),让她对比切花水晶花瓶中的枯萎花朵(代表着他的情敌费比斯队长)。卡西莫多知道自己拥有的是内在的美好,却没有人愿意多看一眼。他可以是有爱、慷慨、勇敢的,他可以表达感激(甚至是面对疯狂的弗洛罗副主教——至少一开始是如此)或爱意(向着埃斯梅拉达,并且与日俱增)。可这些都不重要。他像怪物一样丑陋,这才是他的定义,而不可忽视的美丽则是小说同名建筑的定义。这是个危险的想法,暗示着隐藏的事实。如果在那佝偻的驼背、歪斜的牙齿、变形的双眼之下,是好人

---

[1] Klaus Barbie(1913—1991),纳粹时期的盖世太保成员。

卡西莫多,那么巴黎圣母院的精美石刻和彩色玻璃之下又是什么呢?

小说出版二十五年后,雨果在《静观集》(*Les contemplations*)中问出了类似的问题:

> 丑陋的洞口可以爆发出词语,
> 别问是哪一个。如果是嘴巴,
> 亲爱的上帝,那会是什么声音?

卡苏朋

*

卡苏朋先生是个书痴,是被关押在象牙塔中的囚徒,没有生活激情的文学绅士,对他这样的读者来说,现实世界除了会干扰他的研究之外,并不存在。按照卡德瓦莱德夫人的说法,他"像个装满豌豆干的大皮囊",是个过于挑剔的老学究,"仿佛下一秒就要发表什么公开声明"。没有人会觉得他是个英俊男人。多萝西娅·布鲁克的朋友们叫他木乃伊,嫌弃他脸上那两颗长着毛的肉痣,将他蜡黄的肤色比作烤乳猪皮。社会用来贬斥知识分子的每一个陈词滥调都适用于他:独居,厌世,木讷。从十五世纪信奉人道主义的书呆子,[1] 到当代超人的另一自我克拉克·肯特[2]以及罗尔

---

1 文艺复兴时期曾掀起一股收集书籍的热潮。
2 超人在地球上的名字,作为普通人时的身份是前文提到过的报社记者。

德·达尔[1]笔下的玛蒂尔达,怯弱的学者、图书管理员或纯粹的读者都会被刻画成笨手笨脚戴着眼镜的傻瓜,公众眼中的笑柄。《小妇人》里的乔只敢偷偷地将自己刚刚完成的故事投稿给杂志社:她害怕自己的努力受到嘲笑,甚至在向自己的朋友劳里坦白时,也会让对方发誓保密;古埃及哲学家希帕蒂娅(Hypatia)惨死在野蛮的暴徒手下(无论是真实情况还是在查尔斯·金斯利[2]的同名小说中都是如此);于连·索雷尔在《红与黑》的开头因为读书而被父亲殴打。乔、希帕蒂娅、于连以及卡苏朋先生都明白,这个熙熙攘攘的世界对知识没有任何尊重。

青年医生莱德盖特这一角色便可视作对爱德华·卡苏朋神父的一种嘲弄。莱德盖特有着"低沉浑厚的声线,但必要的时候又会变得轻和温柔"。他不会妄称勇敢,但承认自己"相当享受"战斗。他不仅热爱运动,每当他停下手中的事情,都会拿起一本书来读,塞缪尔·约翰逊[3]的《拉塞拉斯》或是《格列佛游记》,甚至字

---

[1] Roald Dahl(1916—1990),挪威儿童文学作家,下文提到的人物出自其同名作品 *Matilda*。
[2] Charles Kingsley(1819—1875),英国学者。
[3] Samuel Johnson(1709—1784),英国文学家,下文提到的第一部作品原题为 *Rasselas*。

典和《圣经》都可以,只要后者含有旁经[1]。这些都是他在骑马、跑步、打猎或者听别人交谈之外的必读书。据说他可以想做什么就做什么,不过他显然还没想到什么非同凡响的事。他充满生命力和理解力,但真正的知识火花还未在他身上点燃。在他眼中,知识是很肤浅的东西,也很容易掌握。而与莱德盖特不同,卡苏朋神父知道求知的本质正是在于过程之难。

在与卡苏朋初次见面前,多萝西娅·布鲁克对这位陌生的男士抱有"一些敬仰与期待"。卡苏朋是公认的"博学之人,多年来从事着宗教历史巨著的撰写工作。他的财富也足以为他的信仰增光添彩。我们还可以在他待出版的著作中看到各种独到见解"。他的名字本身[来源于十六世纪的伟大学者伊萨克·卡苏朋(Isaac Casaubon)]难以给人留下印象,除非你熟知从古至今的所有学者。认识卡苏朋后,多萝西娅觉得他是她见过的最有意思的男性。被奇幻冒险故事迷住的苔丝狄梦娜对那位摩尔人[2]也有同样看法。

---

1 Apocrypha,没有列入正典《圣经》的经籍。
2 指奥赛罗。

爱德华·卡苏朋全身心地投入他的大作。他极具野心的《世界神话索引大全》(一直未能完成)比詹姆斯·弗雷泽[1]的《金枝》早六十年,比约瑟夫·坎贝尔[2]的《千面英雄》早上百年。如果能够完成,这部著作可能会使卡苏朋跻身有史以来最伟大的学者之列。作为一名神职人员,卡苏朋认为基督教的启示在历史上的每一种文明中都有所显现,即便可能残缺扭曲,也依然反映了某些普遍的基本真理。卡苏朋是后结构主义者。身为德国实用主义虔诚信徒的乔治·艾略特[3]似乎对自己笔下人物的学术能力持怀疑态度,将卡苏朋先生的理论形容为"不太可能在无意间因新的发现受挫,因为它浮现于各种可变的猜想之中"。她还补充道:"就像串联星星的计划一样,不会受到外界干扰。"看来乔治·艾略特还鄙夷星座。

卡苏朋神父梦想找到一位灵魂伴侣,同时也是他终身事业的得力帮手,她应与他一样追求超验的真理。人们控诉卡苏朋只是想要一个奴隶,一个跟在他身后

---

1 James Frazer(1854—1941),苏格兰社会人类学家,下文提到的作品原题为 *The Golden Bough*。

2 Joseph Campbell(1904—1987),美国研究比较神话学的作家,下文提到的作品原题为 *The Hero with a Thousand Faces*。

3 George Eliot(1819—1880),原名玛丽·安·伊万斯(Mary Ann Evans),英国作家。

打扫卫生的盲目苦力,但事实并非全部如此。博尔赫斯心中的最佳侦探小说之———伊登·菲尔波茨[1]的《赤发的雷德梅茵家族》是这样描述主人公的理想伴侣的:"马克·布伦登是个保守的人,丝毫不会被出生于战争时代的女性吸引。他认可她们的优点,也能够包容彼此的思想差异,但他理想中的伴侣是另一种过去的类型——他母亲那一种,直到死前都一直为他守着房子的寡妇。她才是他理想中的女性——让人安心、善解人意、值得信任,总是将他的利益摆在第一位,只关心他的人生而无所谓自身,他的进步与成功才是她存在的意义。"卡苏朋的确需要多萝西娅将他的利益摆在第一位,但前提是她能够在他身边与他一同工作,不是仆人而是助手。卡苏朋希望多萝西娅享受自己的生活,尽管他对她的人生发展已有明确的规划。

为什么多萝西娅要嫁给爱德华·卡苏朋?因为她相信他能够理解更高层次的精神生活,她可以与他进行心灵上的交流,他会用广博的知识为她阐释真理,他的学识几乎可以佐证他的信仰。所以当她的叔叔向她转达神父的意向后,她便欣然接受了。"成为他的伴侣

---

[1] Eden Philpotts(1862—1960),英国作家,下文提到的作品原题为 *The Red Redmaynes*。

是一种极大的荣幸。"

然而成为多萝西娅的伴侣是否也是一种极大的荣幸呢?她确实喜欢参与学术讨论,会学习历史与艺术,不过只是浅尝辄止,一旦超过某个限度,她便会感到厌倦。心情不好的时候,多萝西娅发现读书和思考都没有用。哎,所谓真心结合的理想婚姻啊!在小说常常被引用的最后一段里,多萝西娅被描写为一个"虔诚地过着平淡生活,安葬于未知坟墓的人"。这无疑值得钦佩。然而为了这样一个普普通通、三分钟热度的人放弃学术、艺术、知识上的追求又需要怎样的奉献精神呢?故事中途,卡苏朋在心脏病发的前一天请求多萝西娅在他死后履行他(尚未指明)的遗愿,她却觉得自己无法做到,因为她认为对在世之人的付出与对过世之人的模糊承诺完全不同。如果她同意了,那就仿佛是在对自己的死亡说"好的"。"不,"她拒绝了,"如果你死了,我不会染指你的作品。"她一开始向往的知性相伴也就到此为止了。当然,她有权意识到这不是她想要的生活,但是她之前的诺言呢?

在罗马度蜜月期间,多萝西娅主动提出协助卡苏朋研究梵蒂冈档案,但她发现卡苏朋不愿利用她的好意。不过她认为丈夫是另有想法。"我真是太自私太软弱了,"她对自己说道,"我的丈夫如此高高在上,我怎么会不知道比起他需要我,其实是我更需要他呢?"然而问题就在这里。W. H. 奥登[1]曾写道:"如果没有平等的爱情/那就让我做更深情的那一个。"这便是卡苏朋,而且他不会想到妻子并没有理解这一点。无论作者自己的看法如何,我们很容易发现卡苏朋对多萝西娅的爱充满了保护欲(甚至可能是过分保护)。而多萝西娅却觉得自己正在经历"一场噩梦般的生活,恐惧扼杀了每一丝活力"。那么卡苏朋又是怎么想的?艾略特写道:"可怜的卡苏朋先生不信任他人的感情,尤其是在成为一位丈夫以后。让别人猜到他在嫉妒,无异于证实了他们(可能)抱有的看法,暴露了自己的不利处境;让他们发现自己的婚姻不如想象中幸福,无异于证明他们之前(可能)的反对态度是正确的。"作者还写道,这与让他的同僚学者知道《世界神话索引大全》的进度有多么缓慢一样糟糕。《到灯塔去》里的拉姆齐先生认为人类思想的进步可以按照字母顺序排列,每一个字母都代表一个连续的概念,而他也从 A 努力思考到了 Q,却未能到达 R。福楼拜笔下的两个丑角布瓦尔和佩库歇也永远无法写完他们的通用百科全书。卡

---

[1] W. H. Auden(1907—1973),英国诗人,引文出自《更深情的人》("The More Loving One")。

苏朋先生同样不会完成他的巨著。这些人类知识的巴别塔本身就是不可能达成的事业。卡夫卡曾写道："如果不把巴别塔建那么高,上帝可能就会同意了。"

不过,尽管多萝西娅害怕这些由于无望所以可能徒劳无益的大工程,但仍会因为一些小事感到知足,比如卡苏朋先生愿意教她外语。可她并不是出于对丈夫的崇拜而想要学习拉丁语和希腊语。这些她口中的"男性知识的领域"似乎可以让她更加接近一切真相。这也是阿维拉的圣特蕾莎[1](艾略特将多萝西娅比作当代特蕾莎)在追求完满之路上的基点。这样看来,相比多萝西娅,圣特蕾莎在精神义务的层面上更接近卡苏朋神父。因为与圣特蕾莎不同,多萝西娅总是怀疑自己的结论,哀叹自己的无知。"既然那些熟读经典的人对陋屋无动于衷,又对上帝满怀热情,"艾略特写道,"她怎么就能确定一居室的小屋不是来自上帝的恩宠呢?"卡苏朋的目标是对知识本身的追求,完全达成这一目标的终点其实是在视野之外。如果多萝西娅能够坚持自己对知识的追求,像卡苏朋一样意识到这项事业是无穷无尽但仍然值得探索的,那么她可能便会看到答案的一角。

---

[1] Saint Teresa of Avila(1515—1582),西班牙圣女。

撒　旦

*

无论我们所谓的意识是诞生于想象,还是所谓的想象是诞生于意识,人类历史之初的我们都是为了解释自己的存在才开始讲述故事。我们幻想出圣者、魔咒,幻想出一条龙、一只乌龟,一系列物质和反物质的碰撞组成了我们的"曾几何时"。帕斯卡抨击笛卡尔,认为他只想借原始造物者轻轻地"推一把",之后便不再需要对方。在此之后,故事便可以自行展开。

犹太教将上古多神简化为全知全能的单一神灵,这种丑闻在习惯了毕达哥拉斯[1]二元宇宙的人类看来一定是无法接受的。我们想象中的一切事物都有它的弱点,所以《圣经》舞台上很快就出现了第二个角色。

1　Pythagoras(约前580—约前500),古希腊数学家、哲学家。毕达哥拉斯学派认为万物的本原是一,由一生二,再产生出无穷的数。

他同样是全知全能的,即使最终也会服从于神的意志,但他的诡计已足以引诱包括上帝在内的所有人,比如在约伯以及沙漠中的上帝之子[1]的警示故事中。上帝是光明,他便是黑暗,上帝是创造力,他便破坏一切;他是真理背后的另类真理。他有很多名字,例如撒旦、路西法、梅菲斯托费勒斯、别西卜(Beelzebub)、马斯特玛(Mastema,见于早期的犹太教典籍)、易卜劣斯(Iblis,出自《古兰经》),或者直接被称作魔鬼(Devil,源于希腊词语 diabolos,意为"毁谤者")。据《禧年记》(Jubilees,一部《圣经》旁经)记载,灭世洪水后,耶和华决定驱逐叛乱的天使,将人类从诱惑中解放出来,但撒旦说服了上帝,上帝同意让他留下百分之十的受罚民众以继续测试人类的忠诚度,仿佛把他们当作实验室的老鼠。撒旦如此善于欺骗他人,以至于耶稣称其为"谎言之父"(这也是小说家的定义)。

出于对至善与至恶这种绝对划分的不满,苏菲派[2]诗人安萨里(Al-Ghazali)为撒旦构想了一种托词。他写道,当众天使在上帝的要求下向新造的亚当臣服时,只有撒旦拒绝了,他认为上帝的要求其实是试探,因为

---

[1] 指耶稣在沙漠中三次受到撒旦的诱惑。
[2] Sufi,伊斯兰神秘主义派别的总称。

"天主禁止任何人崇拜全能者以外的存在"。安萨里没有提到上帝是如何奖励这位虔诚的仆人的。[1] 四百年后,埃及学者希哈卜丁·努瓦里(Shihab al-Din al-Nuwayri)指出,在上帝创造亚当之后,撒旦对其他天使说道:"如果上帝比起我更喜欢这个造物,那么我会反抗上帝。而如果他更喜欢我,那么我会摧毁亚当。"撒旦解释道:"因为我胜过这个造物——上帝以黏土创造他,而以火焰创造我。"[2]

在别的宗教中,撒旦依然是人类永恒的敌人。在《上帝之城》(*The City of God*)里,奥古斯汀[3]认为这是有意设立的一个恶劣典型,并称如果"一个人不遵从上帝,只听信自己,那他便是恶魔(撒旦)"。而在此之前一百年,诺斯替派[4]哲学家阿佩利斯(Apelles)写道,恶魔是启发了《旧约》先知的巨匠造物主[5]。但丁则明智地将撒旦置于地心,这位最美丽的天使在叛乱后堕落

---

1 Peter J. Awn, *Satan's Tragedy and Redemption: Iblis in Sufi Psychology* (Leiden: Brill, 1983).——原注
2 Stephen Greenblatt, *The Rise and Fall of Adam and Eve: The Story That Created Us* (New York: Norton, 2018). ——原注
3 Saint Aurelius Augustinus(354—430),古罗马帝国时期天主教思想家。
4 Gnosticism,基督教异端派别,罗马帝国时期在地中海东部沿岸流行的许多神秘主义教派的统称。
5 demiurge,诺斯替教中指低于最高神的物质世界创造者。

成了丑陋的三面怪物,致使南半球的土地消失,只留下"空无一人"的水生世界。马丁·路德(与他的前人圣安东尼[1]一样)视撒旦为恶霸公害,还用墨水瓶掷向对方,在瓦特堡[2]的书房墙壁上留下了一块污渍,至今可见。弥尔顿眼中的撒旦是一条莫比乌斯带[3]("我飞过的地方即地狱,我自己就是地狱。"[4])。歌德带有一点同情心,推断撒旦之所以引诱人类,是因为他处于痛苦之中,而"痛苦总会寻求同伴"[5]。后期的《古兰经》阐释者主张撒旦在诱惑夏娃时没有幻化成蛇的形态,而是变成了一头美丽的骆驼,"尾巴有多种颜色,红、黄、绿、白、黑,鬃毛是珍珠白,全身是黄玉色,眼睛像是金星和木星,散发出麝香混合龙涎香的味道"。[6]

撒旦(或者说他的形象)无疑仍在我们周围。在今天的奥地利、巴伐利亚、克罗地亚、捷克、匈牙利、斯洛伐克、斯洛文尼亚以及意大利北部,撒旦(在这些地区

---

1 Saint Anthony(约251—356),罗马帝国时期的埃及基督徒。

2 Wartburg Castle,德国爱森纳赫市附近的城堡,路德曾隐居于此。

3 Möbius strip,把一根纸条扭转180°后,两头再粘接起来做成的纸带圈,只有单侧曲面。

4 出自《失乐园》。

5 出自《浮士德》。

6 Stephen Greenblatt, *The Rise and Fall of Adam and Eve: The Story That Created Us* (New York: Norton, 2018). ——原注

被称作克朗普斯[1])仍然会与圣诞老人一同出现,把顽皮的孩子装进麻袋,用桦木条抽打他们。克朗普斯式的撒旦是一个长角的丑陋生物,诞生于基督教形成之前,他身上的铁链标志着现在的他已经受到教会意志的约束。除此之外,撒旦还会以卷毛狗、毒蛇、龙甚至一位绅士的形象出现。

但丁(再次)宣称,宇宙中的一切都是上帝之爱的结果,包括罪恶。按照这种想法,撒旦可以被看作神圣投射的误导者或转向者,使人类的爱意过剩(欲望或贪婪)或有所欠缺(嫉妒、懒惰、愤怒),又或者令他们的爱意指向不合适的对象(忘羡、自傲)。

圣文德[2]曾写道,当我们因无法解释的痛苦而感到困惑时,只能说明我们对上帝的完美公义缺乏信心,也不了解故事的全貌。(例如,只读过书籍前几页的我们会觉得吉姆爷[3]是个懦夫,而罗密欧是个浪荡子。)我们求助撒旦,试图弄清一直以来困扰我们的恶性事件。(我们认为)撒旦会在我们耳边恐怖地低语,诱发我们内心最恶劣的想法。(我们坚称)是撒旦带来了疾病、

---

1 Krampus,像羊一样的怪物,是圣诞老人的反面形象。
2 Saint Bonaventure(1221—1274),意大利中世纪神学家及哲学家。
3 康拉德同名小说 *Lord Jim* 的主人公,他因一时怯懦在海难时弃船逃生,事后却勇敢承担责任,独自面对审判。

战争、饥荒,导致了卡里古拉[1]、戈培尔[2]、魏地拉的政权崛起,引发了酷刑、谋杀、儿童虐待。撒旦是我们梦魇般行为和嗜血之梦的含混借口。不幸的是,撒旦责任论终究无法令人信服。

如果撒旦的手笔是上帝作品的阴暗面,那么这世界上无处不在的苦难便可以被理解为某种神力的匮乏,是难以想象的全能者的疲惫时刻,充满了他的瑕疵创造。哈西德派[3]为我们讲述了之后的故事。在波兰中部一个不起眼的村庄里,有一座小型的犹太教堂。某天晚上,巡视中的拉比[4]走进教堂,看见上帝坐在黑暗的角落里。拉比匍匐在地,大声喊道:"我的主人!你在这里做什么?"上帝的回答不似雷鸣也不似飓风,声音微弱:"我累了,拉比,累得想要一死了之。"

---

1 Caligula(12—41),罗马帝国的暴君。
2 Paul Joseph Goebbels(1897—1945),纳粹德国宣传部部长,后任总理。
3 Hasidim,18 世纪兴起于波兰的犹太教派。
4 rabbi,犹太教神职人员。

骏　鹰

*

国王、皇后、贵族、名媛、海盗、仆从、魔术师、寓言里的化身、神话中的怪兽，阿里奥斯托[1]长达四十六篇章的《疯狂的奥兰多》里充满了各种各样的形象，其中一个不露声色地贯穿全诗，堪称壮举。他第一次出现的时候没有名字，在第二篇中全速飞行，被简单地描述为"一匹长着翅膀的马"，骑在他身上的是（同样没有名字的）魔术师亚特兰特。他在长诗的最后几篇中离开，其间的文字也因他与他的骑手得到升华。骑士阿斯托尔福赋予他自由，让他得以追随不亚于福音传道者圣约翰[2]的权威。在骏鹰这一生的崇高事业中，他完成了多项光荣的任务，踏上过不少危险的旅程，他曾横跨大

---

[1] Ludovico Ariosto（1474—1533），意大利诗人，下文提到的作品原题为 *Orlando Furioso*。
[2] Saint John，即《圣经》中《约翰福音》的作者。

地,也曾飞往月球。最终,谁会觉得他不配享受这份自由?我们为他欢呼。

我们应当都清楚骏鹰的模样。阿里奥斯托为了防止人们对高贵的生物产生任何不当的概念,在第四篇中如此直截了当地告诉我们:

> 他的坐骑并不是虚构物种,而是
> 狮鹫和母马的后裔。
> 它的羽毛、前趾、口鼻、翅膀、头部
> 都与父辈相似。
> 其余部分则来自母亲。
> 它叫作骏鹰。如此珍贵的野兽,
> 仍在遥远的丽白安山脉,
> 北部的冰冷水域之外被发现了行迹。

"如此珍贵"这一句非常重要,说明这种野兽很少能被人类的视线捕捉到。但很少并不意味着从未。维吉尔曾在他的一首牧歌中提到,狮鹫不大可能与母马交媾,因为古代的评论家指出,狮鹫与马是死敌。维吉尔的意思是这样的交媾绝不会发生,但文学的力量总能证明我们有多么武断。即使是在诗歌中,将狮鹫与马配对也会使想象中的野兽具有家畜般的现实感。

阿里奥斯托发现了这一点。他意识到尽管这般伟大的存在不会随处可见，但仅仅出现一只也足以为他的故事带来内在的真实。"不像别的奇幻生物，"他对其余传说下的产物不屑一顾，"他真实可见，是大自然的奇迹。"我们怎能怀疑如此强有力的证词？

骏鹰既非凡又普遍。虽然稀有，但他是动物寓言中获准繁衍的生物。他在虚构中如此逼真，以至于不像凤凰那样独特（世界上只能同时存在一只凤凰），他于想象中频繁出现，在阿里奥斯托的诗句结尾处飞向自由后，又在其他地方开始了新的冒险。鉴于一匹似龙的马似乎比单纯有翼的马更适合与海怪战斗，骏鹰便在珀尔修斯和安德洛墨达[1]的故事中代替了他的表亲珀加索斯——比如在安格尔[2]的画作里——这两位也继而成为阿里奥斯托笔下的鲁杰罗和安吉莉卡。鉴于失控的马匹不适合出现在卡尔德隆[3]《人生即美梦》的梦幻意境中，剧本便以"以风速狂奔的凶猛骏鹰"开头，将罗莎拉公主甩下马鞍，扔进了梦想的世界。又

1　Perseus 和 Andromeda 均为希腊神话人物，珀尔修斯从海怪手下解救了安德洛墨达并娶她为妻。
2　Jean Auguste Dominique Ingres(1780—1867)，法国画家。
3　Pedro Calderón de la Barca(1600—1681)，西班牙作家，下文提到的作品原题为 *La vida es sueño*。

鉴于骏鹰已经建立了贵族式的声望,远不如僵尸或狼人那样寻常,过去这一个世纪的奇幻作家不断将此种濒危生物引入他们的作品,从 E. R. 艾狄森[1]的《奥柏伦巨虫》到 J. K. 罗琳的《哈利·波特》系列。

不仅如此。

勒内·马格里特[2]在谈到自己的画作《亲和力》时说道,尽管我们知道鸟类通常才是鸟笼的主人,但如果我们在栅栏后看到的不是鸟而是鱼或鞋,那么画面会变得更加有趣。"即便这样的画面非常奇怪,"马格里特继续说道,"令人感到不悦、意外、突兀,但可能会让我们收获能够经受住考验的新形象,因为它包含了某种不可改变的决定性和恰如其分的正确度。这便是笼子里的鸡蛋想要做到的。"[3] 马格里特所说的恰如其分,也是阿里奥斯托的骏鹰的特质。

《疯狂的奥兰多》的庞杂叙事,包括其中的战役、友情、仇恨、伟业,都恰如其分。这部幻想构成的巨著无疑极具可读性,出场的角色几乎多于所有史诗故事(包

---

1 E. R. Eddison(1882—1945),英国作家,下文提到的作品原题为 *The Worm Ouroboro*。

2 René Magritte(1898—1967),比利时画家,下文提到的作品原题为 *The Elective Affinities*。

3 出自《全集》(*Écrits complètes*)中的《生命线》("Ligne de vie")。

括《指环王》),每一个元素在读者眼中都是恰如其分的。阿里奥斯托可以在每一步选择不同的方向与转折,让场景自我延伸或是戛然而止。凝聚故事的并不是心理、历史甚或叙事上的连贯性,更不是传统意义上的地点与时间。组成四十六篇长诗的韵脚令读者从山尖漫游至谷底,从城堡漂流到海洋,在大地与月球间往返,从不会"令人感到不悦、意外、突兀"。狂野的诗性逻辑支配着冒险,如实地衬托出主人公的雷霆之心。而骏鹰便是其中的象征,从不可能中诞生的不可能,与梦中之梦一样合理。

尼摩船长

*

Nemo, Nadie, Niemand, Nessuno。[1] 西方世界中否定存在的词语几乎都是以字母 N 开头的。约翰·戈特利布·费希特[2]曾设想"某人"(Someone)与"无人"(Nobody)有着哲学上的区别,前者在拉丁语中写作 aliquis,亦即存在中的我(I),后者则是 nemo,亦即非我(non-I),是具象存在的缺位,个体身份的黑洞。奥德修斯选择了后一种身份,告诉愚笨的独眼巨人他的名字是"无人":名讳上的缺席是他获救的机会。[3] 而儒勒·凡尔纳将尼摩(Nemo)这个名字赐予他笔下的海底叛

---

[1] 四个单词分别为拉丁语、西语、德语、意大利语,意思都是"无人"或"无名小卒"等。
[2] Johann Gottlieb Fichte(1762—1814),德国哲学家。
[3] 奥德修斯刺瞎独眼巨人的眼睛后,后者向自己的兄弟求救时大喊"无人刺瞎了我的眼睛",他的兄弟也就以为真的没有人刺瞎他的眼睛。

军,绿色和平的先驱战士,无政府主义恐怖分子的前身。

尼摩船长到底是什么样的人?

他自信且自傲,深黑色的眼睛一瞥便可扫过一方视野,他冷淡、苍白,富有力量和勇气,年龄在三十五岁到五十岁之间,身材高大,额头饱满,鼻梁挺直,唇线清晰,一口好牙,双手纤长,一切特征都符合他那高尚激昂的灵魂:这便是"鹦鹉螺号"潜艇内的尼摩船长在受到惊吓的阿龙纳斯教授面前所展现的形象。《海底两万里》及儒勒·凡尔纳其他大作的出版商皮埃尔-儒勒·埃策尔(Pierre-Jules Hetzel)在尼摩身上看到了创作者的影子,并要求插画师爱德华·里乌(Edouard Riou)参照凡尔纳的模样来绘制此书的主人公。

尼摩是个斗士、异端、理想主义者,最后一个标签需要参考其十九世纪的概念,而非如今的贬损之意。尼摩还是个读书人。在吃过一顿稀奇古怪的海鲜佳肴后,尼摩邀请被俘的客人参观他的水下居所,他带领客人进入的第一个房间便是藏书室。"高大的镶铜黑檀木书架上摆放着大量统一装帧的书籍,房间的四壁都是如此。地面上则是巨大的栗色皮革软垫沙发,舒适的弧形设计。轻巧的活动书案可以根据自己的喜好放置,将书本放在其上以便阅读。室内中央是一张摆满了小册子的大桌子,还能看见几份日期久远的报纸。电灯的光线从天花板上四个磨砂半球体中倾泻下来,点亮整个和谐的氛围。"阿龙纳斯教授表达了自己对这间海底最深处的藏书室的喜爱,认为这里的藏书"可为不止一座大陆宫殿增光添彩"。然而尼摩船长不觉得他的藏书室有多么偏僻。"教授,哪里还能找到比此处更加静谧隐蔽的地方?"他向来宾问道。对尼摩(以及我们)来说,静谧与隐蔽是图书室的必要属性,而其内理想的读者会分裂成无尽的词句,永远只是无名之人。

尼摩船长的图书室藏有约一万两千种书籍,内容涵盖科学、伦理和虚构,以不同语言著成。另有三点值得一提:首先,室内没有政治经济学的著作,因为这一领域的理论都达不到主人的要求;其次,尼摩藏书的放置顺序似乎是随机的,学科和语种混杂,没有明显的逻辑,似乎船长乐于随时取阅其中的任意一本;最后,这些海底书架上看不到任何新书。

船长解释道,这一万两千本图书是他"与陆地唯一的联系。不过从我的'鹦鹉螺号'第一次下海之日起,这段关系就结束了。那一天,我购买了最后几套藏书,最后一批手册,最后几份报纸。自那时起,我眼中的人类便不再思考和写作了。不管怎样,教授,这些书您可以随意取用,自由阅读"。阿龙纳斯教授在书架上发现了约瑟夫·伯特兰德[1] 1865 年出版的《天文学创始人》,随即意识到尼摩船长开始他的海底生活不到三年。此时故事中的时间是 1868 年,凡尔纳的这本小说将在两年后问世。

如果说每一间藏书室都带有自传的性质,那么尼摩船长的房间便向我们揭示了其主人表面之下的特点。陆地世界,混乱的人类社会,令船长胆寒。他更喜欢"鹦鹉螺号"上的与世隔绝。他相信探索发现的精神,相信人伦的想象力,也相信人类无尽的好奇心。他厌恶的是超过限度——暴政的倾向,嗜血的贪婪。他最在乎自由,但不是所有意义上的自由。我们肯定能在"鹦鹉螺号"的书架上找到皮埃尔-约瑟夫·普鲁东[2]的《社会问题对策》,这是凡尔纳熟读的一本书。"自由并不像在君主立宪制下那样受限于秩序,自由也不代表秩序,"普鲁东以讽喻的手法写道,"自由是相互的,不是有限的。自由不是秩序的女儿,而是它的母亲。"这种诞生秩序的自由被普鲁东称作"积极无政府状态"。这也是尼摩所追求的,只不过他不会满足于普

---

[1] Joseph Bertrand(1822—1900),法国科学家,下文提到的作品原题为 *Les Fondateurs de l'astronomie moderne*。

[2] Pierre-Joseph Proudhon(1809—1865),法国思想家,下文提到的作品原题为 *Solution du problème social*。

鲁东的理想主义方案。尼摩可能是十九世纪无政府主义暴徒——拉瓦绍尔、奥古斯特·维兰特、埃米尔·亨利、桑托·卡塞里奥[1]——的先驱，他们的信仰体系总是转化为炸弹与暗杀。很显然，"鹦鹉螺号"故意制造的船难事件便是类似的恐怖主义行动。

尼摩船长在小说后半部分的暴力行为让埃策尔感到不安。面对出版商的反对意见，凡尔纳的回答是，按照小说的规则，事情只能这样发展。为阿龙纳斯教授展现"人类文明美好结晶"的冷峻藏书家抓住必要的时机变成了人类的"铁面行刑者"而不是传授知识的老师。对尼摩来说，书籍是知识的指南，是人类共享经验的样本。但正如读者所知，一本书，甚或是一整座图书馆，只能点亮读者已经选择好的道路。它无法强制读者去往某个目的地，甚至无法强加某种方向。多年后，凡尔纳会在《神秘岛》中讲述主人公的结局，这位幻想破灭的无政府主义者接受了自己的失败。"孤独，隔离，这是多么可悲，令人感到无力，"尼摩痛苦地说道，"我曾以为自己可以独居至死！"

凡尔纳的孙子让-儒勒·凡尔纳的解释是，他的祖

---

[1] François Claudius Ravachol, Auguste Vaillant, Émil Henry, Santo Caserio，前三位为法国无政府主义者，最后一位为意大利无政府主义者。

父本来是想要描写波兰人民抵抗俄罗斯帝国的故事，但或许是碍于法国政府的审查，该想法未能成形。所以他写出了《海底两万里》。尼摩并不是一个特定的革命者，而是千千万万革命者之一。他会以"伟大的犯罪者"留名，尼摩傲慢地笑称。"是的，反叛者，甚至是人类之敌！"但他对阿龙纳斯教授是这样说的："我就是法律！我就是审判所！"他指着意图攻击的船只补充道："我是被压迫的人，而那些人就是暴君！因为他们，我目睹我所热爱、珍惜、憧憬的一切被摧毁——家园、妻儿、父母！我恨他们所有人！"

在随之而来的惨剧后，阿龙纳斯教授无法安然入睡。在他看来，他是整个故事从头至尾的见证者，就像是在翻阅一本已经读过的书籍。阿龙纳斯回忆起过去的几天里，尼摩船长不再像是自己的同胞，而是变成了"深水物种，海洋生灵"。读者眼前的阿龙纳斯博士虽然是凡尔纳小说中的一个角色，此时却成了自身冒险故事的读者。而尼摩也不再是阿龙纳斯本人的同类，他变得浩瀚无垠、难以理解、令人恐惧，不再局限于凡尔纳的想象，而是属于全人类的遗产。在这神奇的时刻，主角与作者、作者与读者、读者与主角融为一体，无论书本内外，悬浮于叙事的时空与我们阅读的时空之中。

弗兰肯斯坦的怪物

*

毕达哥拉斯学派认为,每种生物现在或将来都会包含他者的成分。"每个人都不仅仅是他自己而已,"托马斯·布朗爵士[1]写道,"世界上有许多的第欧根尼,也有许多的蒂蒙斯,尽管他们或许不再叫这个名字:人们总能重获新生,现在的世界也与过去一样。曾经空无一人,此后便有相似之人,而那就是他重生后的自我。"

最能体现这一古老观念的当然是十八世纪末期"某个悲哀的十一月晚上"诞生(不确定这个动词是否合适)在德国小城英戈尔施塔特的那个生物。他没有名字。他来到这个世界时已经是个成年人,身体部位

---

[1] Sir Thomas Browne(1605—1682),英国博学家。[引文出自《医生的宗教》(*Religio Medici*)。——原注]

来自不同人类,有的因为健壮匀称被选中,有的是因为外表美丽,他们可能属于大学里的解剖中心,也可能属于停尸房的地下室。他的创造者承认,最终的结果不如所望:人类点滴的集合体一旦被赋予生命,便无法保有各个部分的完美。"他发黄的皮肤勉强覆盖住了下方的肌肉和动脉,飘逸的黑发柔软发亮,牙齿如珍珠般洁白,但这些标致的特征与几乎跟惨白眼窝同色的水泡眼、皱缩的面容、漆黑的嘴唇形成更加可怖的对比。"

弗兰肯斯坦博士的初衷是不借助女性的参与创造生命。单纯依靠雄性繁殖是炼金术士的愿望、父权制的梦想、疯狂科学家的目标。从犹太教的魔像[1]到科学制造或寓言构想出的可动雕塑——由亚当肋骨做成的夏娃、皮格马利翁[2]的象牙少女、杰佩托的木偶匹诺曹、十八至十九世纪早期令玛丽·雪莱[3]及其同好着迷不已的机械人偶,男性始终在幻想自己能够在没有女性帮助的情况下创造生命,也就是剥夺女性专有的受孕能力。弗兰肯斯坦博士创造怪物的过程没有任何女性的参与,完全是由一位男性独立完成的。对中世纪神

---

[1] golem,用巫术灌注黏土而制成的可以自由行动的人偶。
[2] Pygmalion,希腊神话中的塞浦路斯国王,善雕刻,最后与获得生命的象牙少女像结为夫妻。
[3] Mary Shelley(1797—1851),英国小说家,《弗兰肯斯坦》的作者。

学家来说,未经男女结合而发生的孕事是极大的罪孽。按照十六世纪西班牙学者拉比摩西·科尔多维罗(Moses Cordovero)的说法,"男性与女性的结合是来自天堂的指示",任何偏离此种神圣结合的方式都违背了上帝的意志。弗兰肯斯坦博士试图利用死尸的身体部件造人,便是藐视全能上帝的罪人。

然而,故事的另一边还有怪物本人的困境。他就像受难的亚当一样,是一块有生命的黏土,来到这个世界却不是他本人的意愿。在最初的原始状态下,这个生物是一种魔像,被赋予生命的木偶;而从最崇高的角度来看,他是自诩为美妙造物的哈姆雷特,是怀疑自己是否不仅仅是梦中人的塞希斯孟多。这种痛苦与狂喜都显现在怪物的恐怖面容上,我们能在电影中看到,那是一张像葛丽泰·嘉宝[1]的脸一样记录了时代的面孔。嘉宝的脸庞具有扰乱人心的经典特征,仿佛但丁的比阿特丽斯[2],"灿烂的面容投射出我们深切的渴望",反映出西方文化中与精神美好和超然智慧相关的那部分自我。["什么都别想。"据说这便是导演鲁本·马穆利安(Rouben Mamoulian)对嘉宝如何演绎《瑞典女王》

---

1 Greta Garbo(1905—1990),瑞典籍好莱坞女演员。
2 Beatrice,但丁的挚爱。

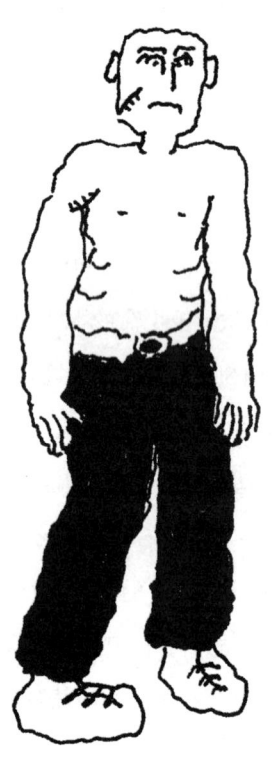

(*Queen Christina*)最后那难忘一幕的指导。空白留给了观众,让我们在其中迷失自我。]而怪物的脸孔是它的反面、它的影子,象征着非人的自我,是我们害怕在扭曲的镜面中看到的模样——比如道林·格雷画像[1]中的脸,邪恶的海德先生[2]的脸。如果嘉宝的面容代表着圣洁的空虚,那么怪物的面容便是魔鬼的满盈,从我们意图遮掩却依然暴露的接缝中溢出。他的脸不意味着"恶"(正如嘉宝的脸也不意味着"善"),只是令人厌恶(正如嘉宝的完美无瑕)。得益于化妆师杰克·皮尔斯(Jack Pierce)的妙手,电影里的怪物比其他任何人形怪物都更加令人厌恶。构想这张面孔的人知道他应当是什么模样,却无法包容他的存在。这是一张错误的脸,巨大无比,以至于我们生怕一旦靠近他,"这张脸便会放大至不复存在"——像切斯特顿所说的那样。这是完美的失败面容案例,仿佛不知是谁拙劣仿制了《圣经》中按照上帝形象创造的脸孔。当鲍里斯·卡洛夫[3]以怪物之脸出现时,他在演员表中的名字就变成了一

---

1 出自奥斯卡·王尔德的《道林·格雷的画像》(*The Picture of Dorian Gray*)。
2 出自罗伯特·史蒂文森的短篇小说《化身博士》(*Strange Case of Dr Jekyll and Mr Hyde*)。
3 Boris Karloff(1887—1969),在电影《弗兰肯斯坦》(1931)中饰演怪物。

个问号。

维克多·弗兰肯斯坦博士创造的怪物丑陋得令人无法忍受(没有人能否认这一点,包括创造者本人)。面对自身引起的恐惧,怪物开始攻击他人以保护自己。如果想要在人群中生活下去,他必须隐身,像贝克莱主教所说的那样处于一种否定自我的状态,以不存在的方式存在。怪物之所以能够观察人类的生活,是因为收留他的年迈隐士是个盲人;他能通过沃尔内[1]的《帝国的废墟》学习世界史,是因为大声读着华丽文字的瑞士青年不知道怪物就藏在窗户外面。被发现之后,他像是被标记的猎物一样被追赶,没有人在意他是否无辜。怪物是典型的受害者:因在无罪的情况下遭受毁谤中伤,只得诉诸暴力的行为。他像所有受害者一样,不能理解针对自己的仇视。出现在这个世界并非他个人所愿,正如摘录自弥尔顿《失乐园》的小说引言所写明的:"创造者,难道是我请求你用黏土塑我为人?难道是我祈求你拯救黑暗中的我?"这个怪物是野心勃勃的疯狂科学家的成果,或是草率大意的发明家的作品,他与亚当的命运有着相同的不幸,我们也不例外。然

---

[1] C. F. Volney(1757—1820),法国历史学家,下文提到的作品原题为 *Les Ruines, ou Méditations sur les révolutions des Empires*。

而再多苦难也无法泯灭他生的意志。"生命,"他对创造者说道,"尽管可能只是徒增痛苦,但对我来说也无比珍贵,值得捍卫。"他还说:"我本来仁慈善良,是苦难让我变成了恶魔。只要我重获快乐,我一定会回归良知。"

怪物向弗兰肯斯坦博士提出的条件是,只要博士按照他的形象为他创造一位配偶,两人保证永远消失在南美洲的荒野中。(南美洲的读者会如此感叹:可怜的怪物!他会选择哪个国家开启幸福生活呢?皮诺切特的智利?将军统治的阿根廷?马杜罗[1]的委内瑞拉?博索纳罗[2]的巴西?)虽然导演詹姆斯·威尔(James Whale)在好莱坞电影里用戴着波浪般假发的艾尔莎·兰切斯特[3]塑造了一位理想伴侣,但在雪莱的原著中,博士愤然拒绝了这个要求,而历经了漫长又艰辛的北欧之旅的怪物,最终消失在了北极彼端加拿大的冻土之上。虽然雪莱没有点明,但这个最终的目的地与怪物十分契合,因为在幻想的世界地图上,加拿大是一张巨大的白纸,人类的愿望、希冀、梦魇都亟待书写。

1　Nicolás Maduro(1962—),委内瑞拉现任总统。
2　Jair Bolsonaro(1955—),巴西现任总统。
3　Elsa Lanchester(1902—1986),英国女演员,1935 年电影《科学怪人的新娘》(*Bride of Frankenstein*)的女主角,该片是 1931 年电影的续集。

使徒雅各在《大公书信》(Universal Epistles，1：23—24)中写道,听取了圣言却不依照行事的人就像是对镜自照却想不起自己是谁的人。"他凝视自己后转身离开,忘记了自己的由来。"多个人体拼凑而成的弗兰肯斯坦怪物,至少在某种程度上是一面镜子,投映出我们不想记住或不敢记住的东西。也许这就是为什么他让我们感到恐惧。

沙　僧

＊

　　长途旅程中发生的冒险故事往往最能吸引读者，也许是因为去往既定终点的这一路上总会有意想不到的插曲。踏上奥兹国之旅的多萝西与伙伴们，不莱梅镇的动物音乐家[1]，杰克·凯鲁亚克[2]和他的朋友们，三个火枪手，路易斯·拉摩[3]的西部小说里的赶车人，这些都是西方世界耳熟能详的旅者。而在中国，最受人们喜爱的冒险家无疑是陪伴高僧前往印度寻找佛教典籍[在印度被称为"三藏真经"(Tripitaka)，这也是高僧别名的由来]的三人。三位主人公一路保护三藏，因为各色妖魔鬼怪都深信食唐僧肉可以长生不老。正如唐僧激励他的同伴时所说的："救人一命胜造七级浮

1　出自格林童话《不莱梅的音乐家》(*The Bremen Town Musicians*)。
2　Jack Kerouac(1922—1969)，美国作家，著有《在路上》(*On the Road*)。
3　Louis L'Amour(1908—1988)，美国作家。

屠。"冒险的过程中发生了太多奇事,以至于不足为奇,读者们开始期待在下一页看到又一条龙、又一位神仙、又一种魔物。结果不负所望。

在唐僧的三位旅伴中,最知名的是美猴王(并且吴承恩原著的西方译本大多以他命名),被菩提祖师赐名为"悟空",以示他在真理上的觉醒。孙悟空的出生过程也十分神奇:他从天地结合而生的石卵中蹦出,降生在花果山上[因此小说名也会被译为《石头记》(*Story of the Stone*)[1],当然还有《西游记》(*Journey to the West*)]。孙悟空这个角色类似枭雄,只追求精神上的人生目标。地府判官发现他们不知道孙悟空到底是什么:他不是走兽,不归麒麟管辖,他也不是飞禽,不归凤凰管辖。最终,他们在"魂字一千三百五十"的条目下找到了孙悟空的名字,写明他是"天产石猴",寿命342年。孙悟空却不认命,吴承恩笔下的他"一心里访问佛仙神圣之道,觅个长生不老之方"。孙悟空最后吃下了蟠桃,得以长生不老。

孙悟空有多件宝物护体:可以收缩到一根针大小塞进耳朵里的金箍棒,龙王赠予他的锁子黄金甲能够抵御敌人的兵器,三种治愈百病的灵丹妙药。他还能

---

[1] *Story of the Stone* 应为《红楼梦》的英译名之一,作者此处可能有混淆。

腾云驾雾,翻一个筋斗便是十万八千里,就像穿靴子的猫似的。旅程的终点,孙悟空与唐僧一齐如愿成佛。

孙悟空的另一位同行者是猪八戒。他的外貌可怖、个性糟糕,是个好吃懒做的半人半猪形象,总是垂涎美丽的女子。这些特点令此行难以保持其宗教性的本质,猪八戒也因此常被戏称为"呆子"。在遇见孙悟空之前,猪八戒曾是执掌八万天军的元帅,后来因为行为不端被革职。其中最恶劣的一次发生在天庭的众仙宴会上,猪八戒爱上了嫦娥,甚至在酒劲下调戏对方。嫦娥在玉皇大帝面前状告猪八戒,他因此被贬下凡间,后来被孙悟空招至麾下。

第三位,也是最神秘的一位,是沙僧。他的本名是沙悟净,与猪八戒一样也曾是天将中的一员,官至灵霄殿卷帘大将,擅长幻术。他所犯的罪行不及猪八戒严重,但仍受天条处置。他在蟠桃盛会上不小心打碎了西王母的琉璃盏,被贬入凡尘成了妖怪。他盘踞流沙河底(也因此被赐姓为沙),专门危害试图过河的路人。之后他被孙悟空制服,加入了唐僧一行。

沙僧的武器是嵌有珠宝的木制降妖宝杖,会十八般变化,在水中战无不胜。除了宽泛的外表骇人之外,沙僧的形象在故事中非常模糊。他谦逊周到,理智忠诚,常常能为队伍遇到的困难提供合理的解决办法。

他们在途中偶遇的一位王子曾说过:"自古以来,《周易》之书,极其玄妙,断尽天下吉凶,使人知所趋避。"或许事实确实如此,但沙僧也的确是那个一路谨言慎行,助力团队抵达终点的人。

沙僧会让人想起那些坚定不移的助手角色,比如奥兹国的铁皮人,匹诺曹会说话的蟋蟀,尽管前者的付出只换来一颗"完全用丝线织成、塞满木屑的"心脏,而后者被发脾气的木偶一锤子砸死在了墙上。不过沙僧倒是在旅程最后因功获封为罗汉菩萨,也洞悉了万物的本质。如此看来,他的觉悟是高于猪八戒的,后者仅被封为净坛使者。

十六世纪以来的读者在师徒三人的疯狂之旅中感受到了极大的乐趣,然而试图挖掘故事另一面的评论家们将其解读为类似《天路历程》的尘世寓言,或是类似《汤姆·索亚》的古朴教养小说,又或者类似《审判》的官僚主义讽刺文学。最早将小说翻译成英文的亚瑟·威利[1]就曾指出,对吴承恩的同时代人来说,天庭的等级制度仿照的是凡间的政府体系。"天庭,"威利写道,"就是将整个官僚系统原封不动地转移到天上。"

不过,今天的读者不会将吴承恩的冒险世界与卡

---

1 Arthur Waley(1888—1966),英国汉学家。

夫卡黑暗荒谬的噩梦联系在一起。如果说它讽刺了官僚主义，那也是从存在主义的角度，主张我们的存在需要服从自上而下的规章制度，以及我们无法理解但必须遵守的法律。沙僧的同僚以近军事策略的方法抵御妖魔仙怪，而沙僧本人的宗旨则是合乎逻辑与道德的应对办法是最佳的生存守则。这不是一种说教式的心理安慰，而是对诚信正直的坚守。在沙僧眼中（与堂吉诃德相似），世上看似正确的事物可能实际是通往邪恶的道路，看似邪恶的事物也可能才是正确的途径。

沙僧曾言："不信直中直，须防仁不仁。"

约 拿

*

先知们的厉声或絮语久久萦绕在《旧约》的书页之间,其中最不同寻常的要数名为约拿的先知。我们得知,众人会因为他的出现感到紧张,他甚至在死后成了厄运的象征。也许这是由于他具有十九世纪时期的"艺术家气质"。约拿是位艺术家。

约拿的故事大致在公元前四五世纪写就。《约拿书》是《圣经》中最短的书卷之一——也是最奇特的。故事讲述了上帝命先知前往尼尼微城[1]传达警告,那里的人们所犯的恶行连上帝都有所耳闻。但约拿拒绝听命,因为他知道尼尼微城民会在听过他的警言后悔过,上帝也会原谅他们,最终他们会逃脱自己应受的惩罚。

---

[1] Nineveh,西亚古城,现位于伊拉克北部。

逃避天命的约拿坐上了一艘驶向他施[1]港口的船。随后狂风骤起,水手们绝望地哀号,而约拿大概猜到这场天灾是因自己而起,便主动要求他人将自己抛下海中平息风浪。水手们照做后,风暴渐渐平静,而约拿被一条上帝安排的大鱼吞食。约拿在鱼腹中待了三天三夜,直到第四日,上帝让大鱼把约拿吐到旱地上,并再次命令约拿前往尼尼微城传讯,这一次约拿遵从了上帝的旨意。尼尼微的国王听从警言后悔过自新,整座城市也得以获得救赎。

约拿却因上帝的做法感到愤怒,他冲向城东的沙漠,为自己搭了一座棚屋,端坐其中准备观察悔过后的尼尼微城究竟如何。上帝见此便在他身边种下了一株植物为他遮阳。约拿对这份赐予表示感谢,却在第二天早上发现上帝又让这株植物枯萎了。日光和热风猛烈击打着约拿,在灼热下晕厥的约拿向上帝坦言此刻的他生不如死。上帝对约拿说道:"你因我杀死一株植物发怒,却希望我毁灭尼尼微城所有人民。难道一株植物比无法分辨左右手的民众和那些牲畜更值得我宽恕?"《约拿书》以这个未有回应的问题结尾。

那么约拿拒绝将预言告知尼尼微的理由到底是什

---

[1] Tarshish,《圣经》中的地名,多被认为现位于西班牙。

么？约拿拒绝完成神圣的任务,是因为他知道民众会在忏悔后获得原谅,这种想法似乎只有艺术家才能理解。(虽然文中没有体现)约拿知道尼尼微城会以以下两种方式看待艺术家:在艺术家的作品中看到谴责,并将艺术家视为社会恶行的罪魁祸首,或者同化艺术家的作品,因为以第纳尔[1]衡量的艺术会在画框中成为赏心悦目的装饰品。约拿可以确定,无论哪一种情况,艺术都不会是赢家。

而如果要在谴责和装饰中做选择,约拿可能仍会倾向于前者。与大多数艺术家一样,约拿真正想做的是敲打听众懒散的内心,抚摸他们的筋骨,唤醒一些隐约可见却极度神秘的东西,搅扰人们的梦境,让他们在清醒时也不得安宁。而他无论如何都绝对不想看见的,便是他们的忏悔。约拿绝对不想看见听众如此自言自语:"谅解所有,遗忘一切吧,让我们埋葬过去,不要谈论不公与报应,也不要谈论削减教育和卫生项目,更不要谈论不平等的税收及失业问题,还有那些让大部分人破产的金融计划。让剥削者与被剥削者握手言和,共同迈向下一个辉煌时刻。"纳丁·戈迪默[2]曾说过,如果

---

[1] dinar,古伊斯兰世界的金币,也是中东北非多国现在的货币。
[2] Nadine Gordimer(1923—2014),南非女作家。

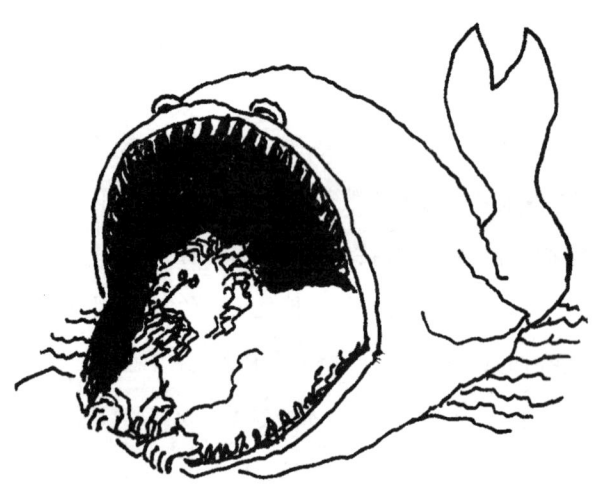

一个作家不被腐败的社会所憎恨，那便是他最大的不幸。约拿可不愿承受这覆灭的命运。

重点在于，约拿意识到尼尼微的艺术家正与政治家交战，而在他看来，艺术家所做的努力（除了增进自己的技艺之外）最终都是徒劳，因为他们身处政治的竞技场。众所周知，尼尼微的艺术家总是孜孜不倦地追求自己的事业，但极易厌烦与官僚和银行纠缠，少数坚持与皇室职员或放债人做斗争的英雄往往是以自己的艺术价值或精神状态为代价的。结束了一天的委员会会议或官方听证会，人们很难再走近自己的工作室或泥简[1]。这正是尼尼微的官僚们希望看到的，而他们惯用的手段之一便是拖延：拖延协议，拖延资助分配，拖延合同，拖延会面，拖延确定的答案。按照他们的说法，只要等上足够长的时间，艺术家的怒火总会逐渐停息，甚至会悄悄转化为创造的动力。艺术家会转身离开，写下一首诗作，设计一组装置，或者编排一段舞蹈。这些东西对政客和金融公司而言没有什么危险系数。事实上，商务人士们心知肚明，艺术家的怒火总能升华为畅销商品。"想想看，"尼尼微城民常言道，"如今的你要花多少钱才能买下一幅画家的作品，而当时的他

---

[1] clay tablet，在软黏土版上刻字再晒干保存的泥版文书。

们连颜料都买不起,更不用说食物了。再想想死于救济院的音乐家创作的反抗歌曲,如今在举国欢庆时回响在广告横幅之下。"他们意味深长地补充道:"对艺术家来说,身后名是最好的回报。"

尼尼微政客更加成功的举措是让艺术家进行违心的创作。尼尼微盛行这样一种观念,即财富是这座城市的目标,而由于艺术无法直接产生财富,所以不值得人们追求,而艺术家本人也开始相信他们应为自己的处世方式付出代价,创造具有成本效益的作品,对失败嗤之以鼻,期待积极的鉴赏评论,制定反对文化挪用的法律,最终,试图满足那些拥有财富的权贵。因此,视觉艺术家需要创作出更加愉悦身心的作品,作曲家必须写出朗朗上口的旋律,作家不可以构想太过压抑的场景,每个人都得避免产出令人反感的东西。

很久以前,在官僚尚未登场的短暂岁月里,心软或智昏的尼尼微国王也会向艺术事业拨款。自那时起,越来越多尽忠职守的官员不断弥补这一财政疏漏,大力削减份额。当然,没有官员会承认政府对艺术发展的支持有任何改变,但是尼尼微的财政部部长有权将艺术方面的实际资助降低至几乎为零,同时又在官方报表上公开承诺相关金额的上涨。这都是借鉴了尼尼微诗人的手法(政客们乐于剽窃作品却鄙夷它们的作者)。比如转喻,即使用某物的组成部分或某一属性来代表某物(皇冠指代国王就是个例子),就是财政部门削减艺术家创作材料补贴的常用手段。无论尼尼微艺术家的具体需求是什么,他们都会收到4号鼠毫画笔,因为在财政部的官方词汇表里"画笔"等于"艺术家的装备"。还有比喻这个诗歌中最常见的修辞法,也被这些金融巫师最大化地加以利用。在某个著名案例中,有一笔一万第纳尔金币的往期拨款应用于年迈艺术家的住宿开支,而财政部部长直接将作为公共交通工具的骆驼重新定义为"临时住所",这样一来,(本该尼尼微政府负责的)骆驼保养费用便可算作艺术家所获资助的一部分,老年艺术家也的确会骑着公用骆驼代步。

"真正的艺术家不会有任何怨言,"尼尼微城民认为,"如果他们真的技有所长,无论社会环境如何,都能有一定收入。是另外一些人,那些所谓的实验者、自我放纵的家伙、先知预言家,那些赚不到一分钱的人才会抱怨当下的状况。银行家不知如何盈利就失去了存在的意义,官员没有认识到节流需求也会失去他们的工作。这是生存的法则。尼尼微是个展望未来的社会。"

在尼尼微,确实有个别艺术家(及许多伪艺术家)能够维持不错的生活水平,整个社会也乐于回馈所消费产品的一部分制造商。然而他们没有意识到,这部分成功人士的背后是大量越挫越勇的艺术家。但尼尼微不会资助它不喜欢或不理解的事物。实际上,大部分艺术家之所以不畏艰难继续从事他们的创作,只是因为他们不得不这样做,因为某种精神日日夜夜激励着他们。他们想尽一切办法继续写作、绘画、作曲、跳舞。"就像社会上其他工人一样。"尼尼微城民评价道。

据说约拿得知尼尼微人的这一观点后,鼓起他先知的勇气,站在公共广场上向众人发话。"艺术家,"约拿试图解释道,"与社会上的其他工人并不一样。艺术家处理的是现实问题:将内在及外在的现实转化为有意义的符号。而那些从事货币交易的人不会理解任何富有意义的隐喻。我们不如这么去想,对成千上万的尼尼微股票经纪人来说,现实是任意升降的数字,虽然这些数字会在睡梦中转化为财富,但这种财富只存于想象之中。没有哪位奇幻小说作者或虚拟现实艺术家会妄想向受众灌输这种对虚构事物的全权信念,然而这就是股票经纪人集会的常态。成年人永远都不会相信独角兽的存在,即使它只是一种象征,他们眼中坚如磐石的事实是自己能够分享这个国家藏在骆驼肚里的财富,与所有人共享幸福与安康。"约拿说到结尾时,公共广场上已空无一人。

鉴于以上种种原因,约拿决定逃离尼尼微,也逃离上帝,跳上去往他施的船只。同船的水手全都来自雅法[1],一个距离尼尼微不远的港口。我们都知道尼尼微是个被贪婪笼罩的社会。贪婪不是野心,后者是所有艺术家都拥有的创作冲动,前者只是为了积聚而积聚的无谓欲望。而雅法在过去的几十年来都赋予先知们一定程度的自由。抱有一定同情心的雅法人民每年都会接纳大量衣衫褴褛、留有胡须的男人或是蓬头垢面、眼神惊恐的女人,因为他们的存在能使雅法得到免费的宣传——当先知前往其他城市时,总会为雅法说上几句好话。除此之外,预言家的频繁出现也吸引了许多好奇的游客来到雅法,旅店老板和商队主人都极其乐见食宿需求的增长。

不过,当尼尼微每况愈下,经济问题一路波及雅法城后,当地的商业利润持续下降,富有的雅法人也被迫出售闲置的豪华六驾马车,或是关停几家内陆的血汗工厂,先知艺术家们便不再受到公众的欢迎。富饶年代的宽宏大量如今在雅法城民看来只是异想天开的资源浪费,堪称罪孽,许多人开始觉得,来到这座古朴小城寻求庇护的艺术家们不应提出任何要求,并应对他们所获得的一切感恩戴德:无论是被安置在雅法最老

---

[1] Joppa,现位于以色列。

旧的建筑里,还是无法获得合适的创作工具,又或是获准为疯狂的项目自行筹措资金。当艺术家被迫搬出住房,为来自巴比伦的付费旅客腾空位置时,他们被告知,不要忘记对艺术家而言,像灭世洪水之前的那些知名先哲或诗人一样躺在星光下难闻的山羊皮里是多么荣幸的一件事。

不过,即便是在这样的困难时期,大部分雅法人仍对先知怀有一种真诚的亲近感,类似于面对从童年起就陪伴自己左右的宠物,所以纵然事态不顺,他们也会尽力收留先知。这就是为什么当风暴出现,船只在怒波中颠簸时,雅法水手虽感不安但也迟疑着没有责难他们的艺术家旅客约拿。他们不想采取任何过激的措施,只是试着乞求掌管天地海域的神灵,却没有明显效果。事实上,风暴愈演愈烈,仿佛雅法人信奉的神灵正忙于其他事务,无暇理睬水手们的哀鸣。水手转而向约拿求救,此时的他正像某些艺术家一样睡在船舱里,躲避着风暴。他们叫醒他,请他想想办法。尽管约拿以一种艺术家的高傲口吻告诉他们风暴是因他而起,水手们还是不愿将他抛下甲板。一名骨瘦如柴的艺术家能掀起多大风浪?一位境地悲惨的先知能如何惹怒深黑的海洋?然而风暴更加猛烈,飓风沿着绳索呼啸,木板在海浪的袭击下叹息哭嚎,最后水手们也一个个回忆起在祖母膝下听到的尼尼微真言:艺术家大多是寄生虫,约拿之流成日所作不过是几行无病呻吟的诗词,或是针对无罪的恶行说上几句危言耸听的话。而一个以贪婪为驱动力的社会为何要支持对财富积累没有任何直接贡献的人?因此,正如其中一位水手对同伴所说的,别再因为自己的驾船技术自责了,不如说一切都是约拿的错,我们还是赶紧把这个混蛋扔进海里吧,他不会反抗的,这就是他要求的呀。

此刻即使约拿改变想法,提出船只或像船只一样的国家可以将明智的预言作为压舱物稳定船体,水手们也仍会耳濡目染地效仿尼尼微的政客,对这条建议置若罔闻。水手在大海中曲折前行,追寻开展有利可图的自由贸易的新土地,在他们心中,无论艺术家说些什么做些什么,金钱永远是比艺术论点更可靠的压舱物。

他们把约拿抛下船后,海面重回平静,水手纷纷下跪感谢约拿所信奉的上帝。没有人会喜欢在摇摆的船上颠簸不止,看到约拿入水后船只便停止了摇晃,水手们立刻得出约拿确实是始作俑者的结论,他们的所作所为也有了正当的理由。这些水手显然没有接受过传统的教育也没有远见卓识的天赋,不然他们就会了解消灭艺术家这种提议曾一度具有极高的权威性(这将在接下来的几个世纪再次重演)。他们会了解,回避不断试图改变我们既有原则的异类是一种贯穿所有人类社会根基的古老本能。比如在柏拉图看来,真正的艺术家其实是政治家,是按照公义与美的神圣模式塑造国家的人。而普通如作家或画家的艺术家不会反映出有价值的现实,他们仅仅是制造幻想,并且这样的幻想不宜用来教育年轻的一代。

只有为国家服务的艺术才是有意义的,这一观点受到后续各种政府的大力推崇。奥古斯都大帝[1]将诗人奥维德[2]驱逐出境,因为后者创作的一些内容在前者看来暗含威胁性。教会也谴责艺术家,因为他们吸引了本应专注于神圣教条的信徒的注意力。文艺复兴时期,艺术家像高级妓女一样被贩卖,到了十八至十九世纪,(至少在公众的想象中)他们更是沦为死于忧郁或肺痨的阁楼生物。福楼拜在他的《庸见词典》(*Le Dictionnaire des idées reçues*)中传达了资产阶级对艺术家的看法:"艺术家——都是小丑。他们的无私倒是可取的。令人意外的是他们的穿着与其他人一样。他们赚着大钱却挥霍其中的每一分。经常会受邀前往豪宅用

---

[1] Emperor Augustus(前63—14),罗马帝国的第一位皇帝。
[2] Ovid(前43—17/18),古罗马诗人。

餐。所有女性艺术家都是荡妇。"

约拿入水后被一条大鱼吞了下去。躺在黑暗柔软的鱼腹中的日子实际上没有那么糟糕。在那三天三夜里,尚未消化的浮游生物和虾类发出的噪音反而让约拿放松下来,陷入沉思。这种机会对艺术家来说简直是奢侈。大鱼的肚子里没有截稿日期,没有待付的杂货店账单,没有没洗的尿布、没做的晚餐,没有在刚想到十四行诗的最后一个词时就被迫卷入的家庭纠纷,没有需要讨好的银行经理,没有令人咬牙切齿的评论家。所以在那三天三夜里,约拿只是思考、祈祷、沉睡、入梦。当他醒来后,发现自己被吐在了旱地上,喋喋不休的上帝之声再次响起:"去吧,去尼尼微做你该做的事。他们如何反应不重要。每一位艺术家都需要观众。这是你的本职工作。"

这一次约拿照做了。他在幽暗的鱼腹内找回了一点对自己技艺的自信心,也找到了向尼尼微人民展现自己艺术作品的动力。但他才刚刚开始自己的演讲,还没说完预言的前五个字,尼尼微国王就跪下忏悔,尼尼微的城民也撕开自己的衣衫以示忏悔,甚至尼尼微的牲畜也一齐发出低吼表达忏悔。尼尼微的国王、民众、牲畜都披上麻布,在头上撒上灰烬,向彼此保证过去的事情不会再次发生,并向上帝哀号他们的悔意。

上帝看到这些夸张的悔改表现后,收回了对尼尼微降下的凶兆。而约拿自然大为不满。被一些人称为"无政府主义"的精神在约拿心中激荡,他离开了这座被宽恕的城市,来到远处的沙漠中闷闷不乐。

我们应该还记得上帝在光秃秃的土地上种植了一株植物为约拿遮阳,这一善举令约拿再次对上帝充满感激,之后上帝又让植物枯萎凋零回归尘土,约拿也继续承受日光的烤灼。我们不确定上帝的这出戏码是不是为了向约拿证明他是出于好意。或许在正午阳光下曝晒的约拿会因此联想到本应拨付给他的资助后来因为尼尼微国家艺术基金会的削减而被撤回。约拿当然能够理解,在艰难时期——穷人更穷,富人也几乎无法维持上亿美元税级的时期,上帝不会过多关注艺术价值的问题。上帝自己也是个创作者,多少会对约拿的窘境有些同情:想要拥有更多时间去钻研自己的想法,而无需考虑一日三餐的收入来源;想要看到自己的预言出现在《尼尼微时报》的畅销书排行榜上,但又不愿被误认为只会粗制滥造赚快钱或赚眼泪的作者;想要用他的逆耳忠言鼓舞群众起身反抗而不是一味顺从;想要让尼尼微审视自己的灵魂,认清它的力量、智慧、生命力不是来自金融家桌上像金字塔坟墓一样逐日堆起的硬币,而是来自艺术家的作品、诗人的语句以及先知饱含远见的震怒,他们的职责是不停地摇晃船只,让人民保持清醒。上帝理解这一切,正如他能够理解约拿的怒火,因为我们想不到有什么事是需要艺术家来告诉上帝的。

然而,尽管上帝能够开石引水,也能够令尼尼微的城民悔改,却依然无法让他们开始思考。他可以怜悯无法思考的牲畜,但同样身为创作者、艺术家而与约拿对话的上帝又该如何对待被他讽刺"无法分辨左右手"的民族呢?

约拿对此点了点头,沉默不语。

多娜·埃米莉亚

*

也许我们可以借由儿童读物里的可爱人物定义各个国家。比如英国是爱丽丝,一个始终面临荒谬社会规则及刻板偏见的国家;意大利是叛逆贪玩的匹诺曹,总是想要成为"真正的男孩";瑞士是心地善良的海蒂[1];加拿大是绿山墙的安妮,智商情商皆高的生存专家。而美国或许会在多萝西身上看到自己的影子,这位主人公最终一定会发现翡翠城的奇妙色彩应当归功于强制公民佩戴的绿色眼镜,而掌权的巫师其实是一个骗子,他所谓的成功只不过是给予暂时陷入情绪化的人们自以为想要的东西。伟大的奥兹在故事的最后几页这样问道:"人们总想让我做到所有人都知道不可

---

[1] Heidi,瑞士儿童文学作家约翰娜·斯比丽(Johanna Spyri)所著同名小说的主人公。

能做到的事,这让我怎么忍得住不骗人呢?"

以此类推,巴西可以被视为多娜·埃米莉亚——由不同衣物的碎片制成的拼布娃娃,由黑人厨娘阿纳斯塔西娅大婶赋予生命,她们所在的黄啄木鸟牧场位于巴西的某一片农田上。在巴西以外的地区,甚至一些南美国家,多娜·埃米莉亚、阿纳斯塔西娅大婶以及牧场里的其他住客都是无名人士,但在巴西,这些出自二十世纪早期作家何塞·本托·雷纳托·蒙太罗·洛巴托(José Bento Renato Monteiro Lobato)系列著作的角色是不朽的存在。

黄啄木鸟牧场的主人是多娜·本塔和她的孙子佩德里尼奥、孙女露西亚,后者因为她小巧的朝天鼻也被叫作"小鼻子"。牧场里的祖孙让许多不真实(有的比较真实)的人物来到这个世界:足智多谋的玉米芯人偶号称萨布戈萨子爵,一条腿的萨西·佩雷尔有一根难闻的烟斗,还有各种各样会说话的动物。除此之外还有令人害怕的库卡,他会在晚上骚扰孩子们的梦境。

而多娜·埃米莉亚是小鼻子的最爱,如果多娜不坐在她身边,她连饭都不肯吃。多亏了神秘的卡拉穆若博士给娃娃吃下的药丸,多娜是会说话的。她开口后的第一句话便是抱怨嘴里的药丸尝起来像蟾蜍皮一样恐怖,从那时起,多娜·埃米莉亚仿佛成了批判性

论断、反语妙言、无政府主义观念以及独立思想的源泉,并且喷发出了一个比蒲苇和棕榈树更加真实有力的言语世界。

在经过几部系列故事之后,多娜·埃米莉亚决定开始撰写自己的回忆录,模仿那位著名的创世者"英国人鲁滨逊·克鲁索"。回忆录的开头十分传统:"我于＊＊＊年降生在＊＊＊市一个贫困却朴实的家庭。"最有学问的子爵被她哄骗为自己代笔,他边写边问多娜那些星号是不是为了掩饰她的真实年龄,这个永远的捣蛋鬼回答道:"不是,我只是在给未来爱管闲事的历史学家添堵呢。"而当多娜·本塔问起她为何要写回忆录时,她又解释道:"回忆录的作者可以一直写作,直到他发觉死亡临近的那一天。他会停下笔,结尾留白,最后平静地死去。"她还补充道:"不过我不准备死去。我只会假装自己快死了,我的遗言是这样的——'那么,我死了。'"保有出生前记忆的特里斯舛·项狄[1]与传颂死后故事的多娜·埃米莉亚堪称自传体文学的两个极点。

多娜·埃米莉亚拥有穿梭时空的魔力,有时她会

---

[1] Tristram Shandy,18 世纪英国小说家劳伦斯·斯特恩(Lawrence Sterne)所著的自传体小说《绅士特里斯舛·项狄的生平与见解》(*The Life and Opinions of Tristram Shandy, Gentleman*)的主人公。

带着小鼻子和佩德里尼奥去往遥远的星球或过去的时代。她会在所到之处留下记号,为孩子们介绍各种神奇生物和历史人物,不管他们是半人马,还是赫拉克勒斯或伯利克里。当被问到她这一路上所说的是否真实时,多娜答道:"真实只是把谎言完美地编织在一起,以至于无人质疑,仅此而已。"

蒙太罗·洛巴托死后,评论家指控他是个种族主义者,认为他在描写书中的黑人角色时带有贬义,并试图抵制他的作品(就像他们在英国抵制伊妮德·布莱顿[1]的《诺迪》系列,在日本抵制匹诺曹的故事一样)。有关作者的此类说法也许是事实,但是他们忽视了孩子们在故事里读到的东西,那是他们长大后也无法忘记的。黄啄木鸟牧场里的冒险精神远远超出了作者私下可能抱有的偏见,他让多娜·埃米莉亚和她的朋友们成为我们值得信赖乃至不可或缺的伙伴,陪伴我们一路走过这个精心编制的谎言世界。

---

[1] Enid Blyton(1897—1968),英国儿童文学作家,著有以 Noddy 为主人公的系列童话,其中有的故事也被认为暗含种族歧视。

温迪戈

*

我们一向清楚,所有事物都有其阴暗的一面:白天后的黑夜,意识之外的睡眠时间,公共面孔下隐藏的私密思绪。魁北克北部的一座小教堂门口有一尊女性雕像:从正面看,她的确是个美丽的女子,但在她的背后是大量的蠕虫、蛆虫在暴露出的内脏与肋骨之间爬行。

生活在加拿大圣莫里斯至渥太华沿岸一带寒冷地区的阿尔冈昆[1]猎人想象出了一种可怕的怪物,以具象化自己的恐惧。怒吼的狂风是它的速度与声音,白雪是它冰封的心脏,高耸的树木是它巨大的身形,斑驳的迷雾是它残缺不全的脸孔,邪恶的牙齿紧咬着嘴唇。不过更可怕的地方在于,猎人自身的饥饿感转化成了怪物的食人欲望。

1　Algonquian,北美印第安人的一支。

他们把它叫作温迪戈(Wendigo),或者文迪戈(Windigo)、维塔克(Wittako)、维提卡(Wittikka)——大概有三十八种不同的拼写方法,在其他部落的语言中又可能是阿钦(Atchen)或维楚吉(Wechuge)这样的名字。1743年,商人詹姆斯·伊舍姆(James Isham)将它的名字标注为"维泰克"(Whiteco),并直接翻译为"恶魔"。起初,相信温迪戈存在的人们在无数编年史中认证了那种无法用言语描述的心悸。在后来的记载里,这种摄魂的恐惧仿佛也只剩下了魂魄,人们开始用人类学的冷静眼光或从心理学的猎奇角度审视温迪戈,还会借虚构文学的工具重构它的冰冷骨架,比如阿尔杰农·布莱克伍德[1]以及奥古斯特·德莱思[2]的故事。

与吸血鬼和狼人一样,温迪戈也仿佛某种传染病,也就是说,我们所有人都有可能被同化成温迪戈。温迪戈研究专家约翰·罗伯特·科伦坡[3]提到过三种感染途径:"被这种生物咬伤一定会被感染。梦见温迪戈

---

1 Algernon Blackwood(1869—1951),英国小说家,著有短篇小说《温迪戈》(*The Wendigo*)。
2 August Derleth(1909—1971),美国作家,著有相关小说《风行者》(*The Thing That Walked on the Wind*)。
3 John Robert Colombo(1936—),加拿大作家。

也会变成温迪戈。通巫术的巫医或萨满能够将健康的人一夜之间变成嗜血的怪物。"一旦被感染,对不幸的受害者来说,死亡便是唯一的解脱。在大卫·汤普森[1]讲述的"食人者"故事中,我们可以看到有关印第安克里人[2]的如下描述:"他擅于捕猎海狸,对驼鹿却不太在行,有两次饿到差点吃了自己的孩子。"这种骇人的冲动一直存在于他的体内,在他喝格洛格酒[3]的时候尤为强烈。当他若有所思地喃喃自语"Nee weet to go"(汤普森帮我们翻译为"我一定是个食人族"),同伴们便会把他绑起来,直到他恢复平静。汤普森最后写道:"三年后,频繁陷入这种忧郁状态的男人让其他土著警觉起来。他们开枪射杀了他,并把尸体烧成灰烬,以防他的鬼魂在世间停留。"

饥饿滋生饥饿,贪吃的人尤其会引起温迪戈的注意。人类学家戴蒙德·詹内斯(Diamond Jenness)提出:"一勺勺吃着黄油或肥肉的贪吃鬼,或是捧着碗喝下用来拌土豆的肉汁的人特别容易发展成温迪戈。因此儿童通常需要接受饮食方面的培训。"

温迪戈的确是我们所说的食人者,但它更是我们

---

[1] David Thompson(1770—1857),英国探险家。
[2] Cree Indian,加拿大操阿尔冈昆语的印第安人的一支。
[3] grog,用朗姆酒兑水制成的烈酒。

隐秘的梦魇,是类似德语中的二重身(doppelgänger)或苏格兰夺命人(Fetch,酷似将死之人的夺命幽灵)的另一个自我。看见另一个自己往往是不祥的征兆(除了在犹太民俗中,这种交集意味着当事人的预言天赋),会受到同胞的排斥。C. D. 珊利[1]在1859年5月发表的民谣《雪行者》中提到过温迪戈的这一属性:迷失的旅者遇到了一个"昏暗的人影",后者像维吉尔那样走在他身边,却"不曾在雪地上留下足迹"。幻影是如此可怖,以至于旅者的头发都花白了,后来有一帮水獭猎手解救了他,却没有人敢与他对话。"但他们扶起我的时候没有说话/因为他们知道那天晚上/我看见了影子猎人/并与他一同枯萎。"

是因为北国冰冻地域的苍白需要温迪戈这样的幽灵存在,还是因为我们无法承认如此恐怖的噩梦形象出自我们的创造,因此将之锚定在冬日风景的空白之上?阿拉伯沙漠孕育了摩根勒菲[2],爱尔兰的青山上到处都是小矮人[3],深不可测的海洋是克拉肯[4]的故乡,

---

[1] C. D. Shanly(1811—1875),爱尔兰诗人,下文提到的作品原题为"The Walker of the Snow"。
[2] Fata Morgana,亚瑟王传奇里的女巫。
[3] 即爱尔兰民间传说中身穿绿装的小矮妖 Leprechaun。
[4] Kraken,北欧神话中的北海巨怪。

只有当最后的号角响起时它才会浮出水面。而加拿大注定会被未知又神秘的东西困扰,那种东西就像它在课堂地图册上的形状一样白茫茫一片,是热情友好背后的骇人阴影。

海蒂的爷爷

*

没有人了解这位隐居者的日常生活。他出了名地脾气暴躁、不善交际,如果有人到访他位于瑞士阿尔卑斯山的小屋,他只会请对方离开。他终年远离教堂,人们都觉得他是个异教徒。他浓密的眉毛像灌木丛似的连在一起,灰白色的胡子也是乱蓬蓬一片。他会以一年一次的频率拄着变形的拐棍走在山路上,没有路人敢靠近。所有人都害怕与他单独相处。他们称他为阿鲁姆大叔(也就是"山"大叔的意思),却也说不出具体的原因。

传闻阿鲁姆大叔曾是邻镇大农场的继承人,但年轻时他是个纨绔子弟,把家当败光在了饮酒赌博上。他那信奉加尔文教宗的父母因悲痛过度去世,他自己也消失了一段时间,没有人知道他去了哪里。多年后他带着半大的儿子托比亚斯回到村庄。托比亚斯后来成了木匠,寡言且稳重,最后与名叫阿德尔海德的姑娘结了婚。一天,托比亚斯正帮别人家盖房时,一根房梁掉下来砸死了他。阿德尔海德一直无法接受这场意外,短短几周后也跟着离开了人世,留下与母亲名字相似的一岁女婴海蒂。人们都说这是上天对阿鲁姆大叔过去作为的惩罚,事实上,在儿子死后,他再也没有与任何人说过话。他搬到了阿尔卑斯山上久居,像杰奎斯在《皆大欢喜》中所说的那样,"没有牙齿,没有眼睛,没有味觉,没有一切",诅咒着上帝及其造物。

海蒂由外婆和姨母抚养长大,但当姨母找到了一份法兰克福的工作后,两人决定将海蒂送到离群索居的爷爷身边。这倒是很合海蒂的心意。在老人的小屋里与山羊为伴(白色的叫作施瓦恩利,灰色的叫作巴里),睡在她自己心仪的甘草床上,身边是白色的花朵和啼鸣的老鹰,风景如画,五岁的海蒂是如此自由自在。甚至在她被接到法兰克福接受文明方式的教育,与一位残疾的女孩成为玩伴后,她依然行事自由,想方设法帮助山村的居民。后来她告诉爷爷,千里之外的她有时会觉得难以忍受这段距离,她甚至会因为无法向他人诉说这种哀愁而感到窒息,"因为那样会显得太不感恩了"。海蒂是一个(像哈克贝利·费恩、莫格利[1]、彼得·潘那样的)野孩子,有着卢梭所说的"高贵野蛮人"(bon sauvage)的气质,本性善良,会把从城市带来的软面包送给没牙眼盲的老妇人,关心着身边的每一个人。世人在海蒂身上看到了瑞士人的缩影——生产抚慰人心的巧克力,为存款人提供离岸账户。

故事的最后,年迈的异教徒获得了救赎。他对海蒂说:"如果上帝把你忘记了,你也就回不去了。"而在海蒂看来这是错误的教条观念。"但是爷爷,"她告诉他,"每个人都可以回到他身边。"听了海蒂的话后,这位老人在儿子死后第一次前往教堂,体验到了精神上的重生。"你看,"他对海蒂说道,"我比我应得的更加幸福,与上帝和他人和解让我的内心充满光明。上帝一直对我很好,是他把你送回我身边。"我们仿佛可以听见教堂的钟声在身后响起,天使般的和声在空中回荡。对一个专制的老家伙来说,这样的结局令人生疑,毕竟不苟言笑又邋里邋遢的他总是一副下一秒就要爆发的样子。

如果海蒂是活泼开朗的救赎者,那么最终被救赎的冷漠祖父又是谁呢?这个像豪猪一样瑟缩在天空下

---

[1] Mowgli,吉卜林所著小说《丛林之书》(*The Jungle Book*)的主人公。

的田园风光中的人究竟象征着什么?

群山环绕的小小中立国瑞士一直以来都是以豪猪原则进行自卫的:卷成一个球,挥舞着自己的棘刺。过去七百年来,瑞士人一向认为最好的防御方式不是攻击,而是安安静静地哼着约德尔调[1]全副武装。他们从未参与过跨国战争,即使世界级的战火就在他们周围点燃。他们的军队由公民组成,有训练的义务,会把自己的制服和武器放在家里,可能就放在登山杖或皮短裤的旁边。他们把自己的国家变成了巨大的炸药堆,所有的战略通道和桥梁都连接在一起,一旦遭到入侵便可以通过弹指一挥间的爆炸来防御。对瑞士的敌人来说,进攻的方法不是投掷炸弹,而是移除炸弹。瑞士的非官方座右铭是《三个火枪手》中的那句"人人为我,我为人人",并非毫无讽刺意味。

约翰·拉斯金[2]憎恶所谓的"感情误置"(pathetic fallacy),即将人类的情绪投射到自然现象上,并称"能够排除自我感受进行正确理解的人",会看到月见草等世间万物"平白茂密的本质,无论他与周遭的一切具有怎样的联系、多深的情感"。[3] 那么,是我们错看了海蒂

---

[1] yodeling,瑞士阿尔卑斯山区的一种特殊唱法。
[2] John Ruskin(1819—1900),英国学者。
[3] 出自《现代画家》(*Modern Painters*)。

那性格古怪的爷爷吗？——深居多山国家的山民，看似忙着自己的事情，却始终深藏爆炸性的情绪，不断向外人发出警告："非法入侵者格杀勿论。"

聪明的艾尔莎

*

童话有时可以为这个世界上的黑暗及恐惧提供隐秘的解释。我们将信将疑的天性会让童话故事显得虚假,仿佛一厢情愿的幻想,但比怀疑更深刻的东西让我们无法忘记昏睡一百年才能解除的诅咒,或者奶奶的床上可能躺着长着獠牙的恶兽。

《聪明的艾尔莎》("Clever Elsie")[1]讲述了一个聪明女孩的故事,如果她能够证明自己聪明又细心,她的父母便会为她找一门亲事。某天她的父母邀请她的结婚对象汉斯来到家中用餐,艾尔莎下到地窖拿啤酒。她抬头看向天花板,发现房梁上插着一把鹤嘴锄,就在她的头顶上,她心想:"如果我结婚后生了孩子,他长大后也下来拿啤酒,这把锄头可能会砸死他呀!"惊慌失措的艾尔莎大哭起来。与此同时,她的父母见她一直

---

[1] 出自《格林童话》。

没有回来,便派女佣下楼查看。艾尔莎向女佣解释了她哭泣的原因,对方也跟着她一同哭起来。又有一位男仆被派下来找人,接着是母亲,然后是父亲,最后所有人都聚在一起哀叹还未出生的孩子可怜的命运。终于,汉斯也来到地窖,听了他们的说法后,觉得艾尔莎确实"聪明又细心",他们应该立刻结婚。没有人还记得啤酒这回事。

我们都曾经历过这样的时刻,被叫到地窖中见证即将发生的事情,哀悼尚未造成的悲剧,却不去取下那把锄具,以免它威胁到不存在的儿童的生命。对于腐败、贪婪、暴力欲望等事态的密切关注与臆想中的大难临头之感是不同的,没有人需要对后者负责。可怕的事情确实发生了,并且日日夜夜都在发生,但那不是因为可能会在某个下午砸死我们的一把锄头,而是因为那些不辨是非的男男女女。"神祇已沦为疾病,"C. G. 荣格在"二战"结束十年后写道,"宙斯不再掌管奥林匹斯山,而是开始统治腹腔神经丛,为医生的诊疗室提供奇怪的样本,或是扰乱政客和记者的大脑,这些人在无意间让精神传染病在世界范围内泛滥。"[1]

"假新闻"与阴谋论引起的日常恐慌令当权者感到

---

[1] "Commentary on 'The Secret of the Golden Flower,'" in *Alchemical Studies*, trans. R. F. C. Hull (Princeton: Princeton University Press, 1957).——原注

极为受用,因为恐惧使他们有机会采取某些措施或颁布某些法令——在理智时期不可能被采纳的措施与法令。"为什么没有政治经济学家预见这一点?"收看晚间新闻的艾尔莎们会在目击厄运的阴云时这样问道,并要求政治经济学家们发表一些由主观愿望组成的有力声明。约翰·拉斯金在《给未来者言》(*Unto the Last*)中写道:"政治经济学仍有待与混蛋科学区分开来,就像我们区分医学与巫术、天文学与占星术一样,它真正的科学之处应当在于教导人们建立生活的目标并为之奋斗,以及藐视并摧毁导致灭亡的一切。"面对谎言,容易轻信的读者的座右铭是圣保罗[1]的那句"我相信,因为那是不可能的",而小说读者的座右铭则是素甲鱼的"我从来没听说过,但这听上去很像是胡说八道"。

如果我们像艾尔莎那样坚持这种所谓的聪明,会怎么样?如果我们放弃理智的思考,任由自己陷入洗脑式的恐慌,听信前言不搭后语的政治发言和阴谋论述,不再是能够进行反思的个体存在,忘记了真实的自我,又会怎么样?

这则童话故事的结尾具有警诫意味。两人婚后的

---

[1] Saint Paul(3—67),《圣经》中的基督教圣徒。

某一天,汉斯让艾尔莎去田地里干活。但聪明的艾尔莎决定先吃点东西再睡一觉,所以当丈夫来带她回家时,发现艾尔莎没有割麦子,反而在地上睡着了。为了惩罚她,汉斯把一张系着小铃铛的捕雀网盖在她身上,没有叫醒她就离开了。艾尔莎醒来后看到天已经黑了,也听见了铃铛的声音,她晕头转向,开始怀疑自己到底是谁。回到家门口的她敲了敲窗户,大声问道:"艾尔莎在家吗?""在家。"无情的丈夫回答道。这下艾尔莎彻底慌了:"天哪!我到底是谁!"她哭着跑开,丢失了名字和自我,远远地离开了村庄,再也没有人见过她。

大个子约翰·西尔弗

*

许多人都对《金银岛》的创作背景有所耳闻,却不甚了解其中著名海盗角色的原型。罗伯特·路易斯·史蒂文森及家人在加利福尼亚州度过一段艰辛短暂的旅居生活后,于1880年7月回到英国。父母担心他的身体,提议前往苏格兰的布雷默镇疗养。在此之前,史蒂文森已经和他十三岁的继子劳埃德·奥斯本[1]开始了文学上的合作。史蒂文森送给男孩一台迷你印刷机作为礼物,还按照这位新进出版商的迫切要求撰写了一系列寓言诗,并配上木版画在家庭内部限量发行。

到了布雷默,劳埃德想用自己的画作装饰房间,史

---

[1] Lloyd Osbourne(1868—1947),美国小说家,与继父史蒂文森合作过三部小说。

蒂文森主动贡献了一幅手工绘制的假想岛屿地图。劳埃德坚持认为这幅地图的背后一定藏有一个完整的故事,史蒂文森只好开始讲述有关海盗和宝藏的传说。这位唯一读者的唯一要求是情节中不能出现女性。故事展开得十分顺畅,史蒂文森决定著成文字。每天晚上,史蒂文森都会把当日写就的部分念给劳埃德听。不久之后,史蒂文森的父亲也加入了读者的阵容,一老一少都对正在进行的冒险兴致勃勃。史蒂文森之前只创作过短篇小说、诗歌和散文,从来没有尝试过小说。现在,这样的机会如变魔术般突然出现。

史蒂文森一生饱受结核病的困扰,在写到第十六章时,他感到自己的身体难以为继。此时,儿童杂志《小伙子》(Young Folk)提出以《海上炊事员》(The Sea Cook)为题分期连载这个故事,这让史蒂文森下定决心完成作品。当时的他三十一岁,家中仅靠他一人维持生计。

为了让史蒂文森呼吸更加优质的空气,全家人搬迁至瑞士的达沃斯。在那里,史蒂文森找回了活力,得以重新开始写作。他坐在床上一章接一章地创作,不到中午不能起身,以免肺部过度劳累。到了晚上,恢复精力的他仍会将文字内容念给家人听。在杂志上发表了最后一章后,史蒂文森决定将书名改为《金银岛》。

书中的几个人物让人印象深刻:船长比利·博恩斯,一边哼唱着海盗歌曲一边耐心等待着死亡的来临;讨人厌的瞎子皮尤,比他的举止更暴力的是他的声音;体面的乡绅特里劳尼过分相信事物的表面;严肃的医生利夫西会被宝藏诱惑;被抛弃在岛上的本·冈恩代表了疯狂的一面;还有我们的叙述者,年轻的吉姆·霍金斯,冒着自己和同伴的生命危险寻求探险的刺激。但他们都不如独腿水手大个子约翰·西尔弗令人难忘,他的鹦鹉一直重复着那句不祥的"八个里亚尔!"[1] 当故事进行到三分之一处时,西尔弗被头脑简单的特里劳尼招募到船上做炊事员,这位乡绅和另外那位医生都觉得西尔弗是个"老实人",将他本人与其名字中包含的坚定与纯净联系在一起。[2] 而"老实"这个形容词会在全书中反复出现,向读者发出讽刺的警告。

西尔弗是个晦暗不明、模糊不定的精明角色。为了使之栩栩如生,史蒂文森想到了他的朋友威廉·埃内斯特·亨利[3]。亨利是位文人,比起身为作者来说更加是个好读者。他自幼患有结核性关节炎,因此截去了一只脚。在医院恢复期间,他认识了史蒂文森,两人

---

1 "Pieces of eight!"指西班牙当时铸造的银币。
2 西尔弗的英文 silver 是银子的意思。
3 William Ernest Henley(1894—1903),英国诗人。

成为很好的朋友,一起创作了几部理所当然被世人遗忘的戏剧。如果说亨利不算是个出色的作者,却称得上一位有才气也有勇气冒险的编辑,他是最早出版吉卜林、亨利·詹姆斯[1]、H. G. 威尔斯[2]作品的人之一。史蒂文森在1883年给亨利写信坦白道:"正是因为看到你即使身体残缺却依然无比强大才会有大个子约翰·西尔弗这个角色……这个仅凭声音就能控制一切、令人胆怯的残疾人形象完全是出自你。"不过,对这位海盗兼炊事员的刻画可能不止于此。亨利含糊的个性、聪明的才智、缺损的身体、放肆的举止、无穷的野心都能在这位海盗身上看到。

两幕场景便可定义大个子约翰·西尔弗:一是水手汤姆被杀,二是西尔弗向吉姆提出的交易。海盗们宣布叛变后,忠实的汤姆对西尔弗一厢情愿地说道:"西尔弗,你已经不年轻了,也是个老实人,至少大家都认为你是个老实人。你也有钱,但很多可怜的水手一分钱都没有。如果我没看错你,你还是个勇敢的人。那么你现在告诉我,你会让那群无赖牵着鼻子走吗?

---

[1] Henry James(1843—1916),美国文学家,代表作《使节》(*The Ambassadors*)。

[2] H. G. Wells(1866—1946),英国小说家、政治家,代表作《时间机器》(*The Time Machine*)。

你不是这样的人!"之后,当汤姆意识到自己确实错看了西尔弗,他正是叛变者之一时,他试图逃跑,却被西尔弗掷出的拐杖击倒。(这一场景可能是史蒂文森听说了奥斯卡·王尔德与亨利之间的故事,受到了启发。两人在离开伦敦某家剧院时因为一些事情发生了激烈的口角。当他们分别时,王尔德转身说了最后一句话,亨利听罢把拐杖朝对方头上扔了过去。)汤姆被扔出的拐杖打倒后,西尔弗又用刀捅死了他。虽然残酷,但史蒂文森让我们看到,世界不会因为这场谋杀发生任何改变,而这仅仅是西尔弗残暴一生中的一项罪行而已。作为这场恐怖事件的目击者,吉姆几乎无法相信,在一个人的生命被如此残忍地夺去后,太阳依旧静静地当空照耀着。

在第二幕场景中,吉姆不再是旁观者,而是主人公。西尔弗向他提出了互相帮助的交易:这位海盗会保护吉姆不受其他叛乱者的伤害,而男孩则负责日后在法官面前替西尔弗辩护,使他免于绞刑。西尔弗是这么对吉姆说的:"啊,你还很年轻——我们可以一起做番大事业!"海盗生活的诱惑力一目了然。西尔弗所说的话让人无法看透,男孩也发现了遵循社会法则的文明举止与嗜血冒险家的所作所为之间微妙的界限。

故事的最后,吉姆信守承诺,坚持履行了自己对这个老海盗许下的诺言,即使在利夫西医生的强烈要求下,也没有扔下西尔弗。在不知不觉中,读者看到西尔弗把一个糊涂的男孩变成了"老实的"青年。正如斯莫列特船长用英国国旗包裹自己忠诚手下的尸体时,对乡绅特里劳尼所说的:"这也许不合教义,却是事实。"

冒险最终以西尔弗结尾,典型的文学设计:他"坐在火光几乎照不到的后方,大快朵颐,谁要是需要什么他会立刻跳起来去取,甚至会跟着我们一起大声笑闹——还是那个航程中毫不起眼、爱献殷勤的海员"。吉姆在小说最后一页与读者谈起那些主要人物的结局,提到西尔弗时却说自己再也没有听过他的消息,但他猜想这个海盗应当已经回到了自己的黑人老情妇身边,与对方以及自己的鹦鹉平淡地生活在一起。"我是说,希望如此,"吉姆说道,"因为他要是到了另一个世界,可不大能过上好日子。"读者会对这个臭名昭著的海盗产生某种又爱又恨的情绪,他是叛徒、窃贼、凶手,同时又是一个善良的老实人。

卡拉高兹与哈奇瓦特

*

许多成对构想出的人物——堂吉诃德与桑丘·潘沙、夏洛克·福尔摩斯与华生——都是可以且的确独立存在的。刚开始踏上冒险之旅的堂吉诃德是孤勇一人;夏洛克·福尔摩斯前前后后侦破了各种案件,也不是每一次都有忠实的医生朋友提供不一定有用的帮助。不过,仍有一些组合是不可分割的。比如卡斯特和波鲁克斯[1](美人海伦及杀人犯克吕泰涅斯特拉的孪生兄弟)、威廉·布施[2]笔下调皮的马克斯和莫里茨、《格林童话》中的韩塞尔和格蕾特[3]以及《爱丽丝梦游仙境》里的双胞胎都必须同时出现。而在这些组合中,我

---

[1] Castor 和 Pollux,均为希腊神话中的人物。
[2] Wilhelm Busch(1832—1908),德国诗人、画家,下文提到的人物出自其同名作品 *Max und Moritz*。
[3] Hansel 和 Gretel,一对相依为命的孤儿兄妹。

们还会看到潘趣与朱迪[1]的土耳其版本：冤家卡拉高兹与哈奇瓦特[2]。

根据传说，卡拉高兹与哈奇瓦特诞生自一位穷苦的农民之手。他试图让高高在上的苏丹了解自己的苦难，便像哈姆雷特一样，选择将之表演出来而不是单纯地讲述。他从骆驼皮上剪下了几个皮影人偶，展现了他被腐败的王室官员欺骗的过程。苏丹十分欣赏这场演出，将农民册封为高官，并严惩了涉事的官员。在另一个版本的传说中，卡拉高兹与哈奇瓦特是在布尔萨[3]建造清真寺的泥瓦匠，他们爱玩的小把戏常使其他工人分心，导致寺庙的完工遥遥无期。大怒的苏丹下令处决二人，为了致敬他们的幽默，这两个短命的丑角在皮影戏的舞台上获得了永生。

部分学者认为卡拉高兹象征着人类的下半身——进食、放屁、做爱，而哈奇瓦特代表了上半身——聪明的大脑和喜怒无常的内心。卡拉高兹与哈奇瓦特也像身体的两部分一样是互补的存在。实际上，他们正是社会阶层的两个极端。卡拉高兹（他的名字在土耳其

---

[1] Punch 和 Judy，英国传统滑稽木偶剧中的经典人物。
[2] Karagöz 和 Hacivat，土耳其皮影戏中的经典人物。
[3] Bursa，土耳其西北部城市。

语中是"黑眼圈"的意思)与桑丘一样是不识字的底层人民,对事物的看法却机智直率。相反,哈奇瓦特是个文化人,谨慎有礼又狡猾自负,满脑子都是显然会失败的暴富计划。哈奇瓦特会说奥斯曼土耳其语[1],对古典诗歌信手拈来,一直想要教化卡拉高兹,类似堂吉诃德对桑丘所做的。然而也类似那位真挚的骑士,哈奇瓦特从未成功。

能够形成对比的角色很早就出现了。在四千年前的《吉尔伽美什史诗》中,专横的国王吉尔伽美什从野人恩奇都身上了解到了受难臣民的需求,并因此成为明君,而恩奇都在与圣妓珊汉特度过了七个夜晚后,接触到了吉尔伽美什所享受的一切,也逐渐远离了他原本的自然世界。在这种交换下,两人成为知己。不过这与卡拉高兹和哈奇瓦特的情况不同,除了他们两人也同样处于对立的世界:新与旧、肉欲与理智、温热的身体与创新的精神。

哈奇瓦特和卡拉高兹身边另有一群稀奇古怪的角色,表现了土耳其社会的多文化特质,也从侧面衬托出这对主人公的特点:愚蠢的丹尼奥,吸鸦片的瘾君子蒂

---

[1] Ottoman Turkish,流行于奥斯曼帝国的语言,因包含大量阿拉伯语及波斯语词汇,对未受教育的土耳其本地人来说难以理解。

里亚基,矮个子阿尔蒂·卡里斯·贝贝鲁西,酒鬼图兹兹·德利·比基尔,小气鬼奇文,色情狂坎利·尼加,来自艾登[1]的伊夫热心善良,会保护弱者免受恶霸的欺负。还有一些没有名字的人物,例如不会说土耳其语的阿拉伯乞丐、黑人女仆、彻尔克斯[2]女奴、傲慢的阿尔巴尼亚守门人、希腊医生、亚美尼亚银行家、犹太珠宝商、用阿塞拜疆口音朗诵诗歌的波斯人。整个中东地区都在这个舞台上留下足迹。

卡拉高兹和哈奇瓦特的故事有其传统的流程。每一次都会以 mukaddime,即序幕开始,哈奇瓦特会伴着铃鼓声唱着歌登场,默念一小段祈祷词,再向观众解释他正在寻找他的朋友卡拉高兹。之后两人相遇,争吵不断,最后谁也赢不了谁。皮影戏的最后一幕,哈奇瓦特会责怪卡拉高兹毁掉了整个故事,看似懊悔的卡拉高兹会回应道:"我错了,原谅我吧。"让人不可否认又心生愉悦的是,这种轮回式的结局说明他们永远不会和解。这两个奇人的争论也会永远持续下去。坚信我们所有人都注定一遍遍重演相同事件的尼采将乐见于此。对阿尔贝·加缪来说,这种反复印证了生活的荒

---

1 Aydin,土耳其西部城市。
2 Circassian,西北高加索语系民族,由俄罗斯流亡至奥斯曼帝国。

谬,但他也会认为,这也使有所付出的我们感到某种程度上的知足。这样看来,尽管历经挫折,哈奇瓦特与卡拉高兹仍然是幸福的。

土耳其人是否在两人永恒的困境中看到了自己的历史?一半试图使另一半开化,一边不断追求着新的文明,另一边坚守着比奥斯曼帝国更久远的先辈传统。"历史是桥梁,"现代土耳其之父阿塔图尔克[1]在1933年的一次演讲中如此说道,"我们必须深入我们的根基,并重修历史分裂之处。我们不能坐以待毙,必须主动出击。"

不知是出于什么高尚或利己的理由,哈奇瓦特为了解决两人的历史问题已经找了卡拉高兹好几次,每次都失败了。卡拉高兹是否愿意接受他人的主动出击是另一个问题。与此同时,故事仍在继续。

1　Mustafa Kemal Atatürk(1881—1938),曾任土耳其总理、总统。

爱弥儿

*

卢梭的《爱弥儿》写于 1762 年,并于同年发表了《社会契约论》(*Du contrat social*)。我们可以将《爱弥儿》视作儿童版的《社会契约论》,比如将后者开篇名句中的"人类"换成"孩子",那么你就会看到爱弥儿的如下结论:"孩子生而自由,却无处不在枷锁之中。"《爱弥儿》一书像是某种混合体,半是小说,半是说教。安德烈·纪德[1]认为此书难以卒读。但对部分更具耐心的读者来说,这本书无论如何都值得人们思考,因为它不仅仅抨击了我们的教育制度,还提出了新的模式:不是普遍意义上的,而是针对每一个儿童。

卢梭分五个阶段制定了爱弥儿的教育计划。第一阶段即将儿童与社会隔离开来,以免其"良好本性"的

1　André Gide(1869—1951),法国作家。

形成受到阻碍;第二阶段是让儿童的感官体验整个世界,不以惩罚或谴责进行干扰;第三阶段,要求儿童从物质经验中务实学习;第四阶段,允许其在两性、社交礼仪、宗教、道德领域发展与他人的关系;最后是第五阶段,为他介绍一位终身伴侣(在爱弥儿的例子中即样板女性苏菲),这样一来,他便可以转化为家长的角色,继续教育自己的"孩子"。卢梭将这本书献给"懂得如何思考的好母亲",也许是预见了 D. W. 温尼科特[1]有关"合格"(good enough)父母的概念。

自爱弥儿与苏菲成为父母以来,已经过去了几个世代。无数新时代的爱弥儿在世间忙忙碌碌,见证了各种巨大的变化,尤其是我们对童年的愿景。人们不再因为小小的爱弥儿还是个孩子就认为他本性善良,他也不再因此被视为成人世界中的个体。卢梭在前言中写道:"我们对儿童时期一无所知。"这项指控至今仍然有效。在长辈眼中,爱弥儿无法长成他们自己也未能达到的模样。无论过去还是现在,成年人总是希望青少年拥有自己缺失的美德,筛除自身的缺陷。我们将他们训练为机械系统中的高效车轮,教育他们如何

---

[1] D. W. Winnicot(1896—1971),英国精神分析学家。下文提到的概念,即指母亲除了满足儿童的温饱要求之外,还应感受、响应孩子的情感需求,这样才能成为 good-enough mother——足够好的母亲。

卑躬屈膝。我们只能看到自己的想法,却无视他们的需求。我们培养他们的贪婪、野心、狡猾,却不给予他们智慧。"一切事物经造物主之手创造出来之后都是好的,却在人类的手中恶化,"卢梭在开头写道,"狗、马、奴隶在人类手上致残。人们颠覆一切,损毁一切,喜爱畸形,喜爱恶鬼。他们不想要任何自然状态下的东西,包括自身。"

如今,我们的爱弥儿生活在荒郊的破败土地上。对他来说,周遭仿佛一面镜子都没有。他的身份证件上注明了某个出生地,但根据官方数据,他是不在案或假定不在案人员——这自然意味着他不是来自欧洲国家,也不是来自美国或加拿大。既然卢梭热衷于有关植物的比喻,那么可以这么说,我们的爱弥儿是一种杂草,暴露在外的根系令人不悦。

在世人眼中,除了这些根系以外,爱弥儿没有其他可供识别的身份。在公众看来,他和他的朋友们不是独立的个体,只是社会问题的案例。他们代表着自己不受欢迎的父母和祖父母——同样是可疑人物,但至少他们能在表面上保持安静,按照指示行事,然后死去。

为了教育这样的爱弥儿,开发他的"良好本性",必须首先确认他的本性是什么。他必须找到一支决策团队,不过可惜的是,在大众文化语境下,能够提供给他的东西十分有限。商业化的图像志展现了他知道自己因为贫穷而无法拥有的事物,将世界描绘为由高速汽车和花边内衣女模组成的物质天堂,就像他在说唱视频里看到的那样。爱弥儿的日常教育不是通过理性的指导实现的,而是充斥着广告及电子游戏,告诉他快乐可以购买,暴力没有后果,古老的父权制度依然存在。即便知道这种天堂对他来说基本上遥不可及,爱弥儿仍旧无法抵抗这些狂热图景的吸引力,毕竟空缺中仍有希望。

以上诱惑并非爱弥儿唯一受到的感官刺激。由于爱弥儿生活在民主国家,天堂般的景象还伴随着社会官方的献祭,人们在当地为政府机构竖起纪念碑,以供爱弥儿之流祭拜。在这些腐朽不堪的高塔之间散落着托儿所、学校、娱乐中心、教堂、清真寺、急救诊所、就业办公室,我们可以在那里看到爱弥儿及其同伴们的终日足迹。但爱弥儿从未觉得这些地方属于自己:为他建造的这些机构就像是为狗提供的狗窝,他得到的不过是优于他的人认为他值得获得的关怀,他们还因此期望他默默感激。(芭芭拉·布什[1]就曾以这种思维模

1　Barbara Bush(1924—2018),美国前第一夫人。

式在新奥尔良飓风灾难后宣称,幸存者现在的生活条件比卡特里娜飓风来临前更好,他们应当心存感激。)因此,为了彰显存在感,为了在当今媒体笔下永垂不朽,为了将自己的脸贴在电视屏幕上,爱弥儿决定纵火烧毁这些寺庙。这种亵渎行为喜怒参半。不是叫他败类吗?那他就要表现得像个败类。

在爱弥儿教育之路的第三阶段,卢梭向爱弥儿展示了工作的过程以及技艺的本质。如今在爱弥儿的世界里,一份工作,尤其是一份好工作并不常见,也有许多其他方法可以获得诱人的商品。在社会否定其个人存在的情况下,犯罪显然是一个不错的选择:不是国际金融行业错综复杂的大型犯罪,而是普通的日常偷窃、拉皮条、毒品交易。爱弥儿或多或少愿意相信,就像让·日奈[1]一样,触犯法律(在任何情况下都无法保护其正当权利的法律)是在腐败的社会中保持体面的一种方式。传闻道,"世上只有两种人:抢劫犯和被抢劫的人"。爱弥儿决定成为前者,而他的父母不得已沦为后者。

学会谋生后的第二步是学习如何合群。在爱弥儿

---

[1] Jean Genet(1910—1986),法国作家,只受过小学程度的教育,10岁就犯下第一桩盗窃案,多次进入监狱,并著有《窃贼日记》(*Journal du voleu*)。

生活的街区,他从一开始就发现自己被当局当作犯罪嫌疑人对待,如果他是黑人的话,更是如此:犯罪的机会就摆在他面前。鉴于爱弥儿身上带有不法之徒的标签,他必须找到可靠的平台才能与所谓的敌人对话。方案之一是投身广为人知的极端主义天堂,或者说,皈依某种他并不理解的宗教。尽管政府一直试图调解,但对爱弥儿和他的朋友们而言,伊斯兰国家的极端主义派别站在了排斥他们的傲慢文化的反面。极端主义为他们提供了反叛的可能性,带领他们进行抗议,将自身与忽视他们的人区分开来。

后来,爱弥儿长大成人,找到了他的苏菲,生下了新一代的爱弥儿。这一切会有什么改变吗?大概不会。被困在意图生产出消费者而非公民的机器中,在不变的腐败统治者的阴影下夹缝求生,对未来的爱弥儿来说,唯一的表现机会不是在新闻中一闪而过,而是作为改变的主人公脱颖而出,成为有能力获得幸福的人,这意味着"为自己站出来"(让我们再次引用卢梭),因为"毫无疑问,始终如一地做自己才是真正的幸福"。

最后也用卢梭的话作结语:"从目前的情况来看,自出生起就被抛弃只能自生自灭的人最易受到世人的排斥。偏见、权威、需求、模范人物,我们深陷其中的所有社会制度都将扼杀他的天性,无法修复任何问题。"

辛巴达

*

2003年11月4日,十四名库尔德[1]难民和四位印度尼西亚水手乘坐一艘小船在澳大利亚海域距达尔文市五十英里处的梅尔维尔岛海岸登陆,意图寻求政治庇护。厌烦了难民潮的时任澳大利亚总理约翰·霍华德(John Howard)得知此消息后,做出了一项极端决策:将梅尔维尔岛从国家领土中划去。这样的做法并不新鲜。早在2001年,澳大利亚政府就将圣诞岛排除在国界线之外,以便将数百非法移民驱逐至该岛荒无人烟的海滩上。

公元前五世纪期间,雅典公民柏拉图为了描绘其理想中的国度,构想出了名叫亚特兰蒂斯的岛屿。在

---

[1] Kurdish,西亚地区民族,其独立问题是中东地区仅次于巴以冲突的第二大民族问题。

那里，他虚构了一座历经辉煌却被洪水吞没的城市。柏拉图的亚特兰蒂斯开创了一种奇妙的虚构地理位置，随后更是衍生出了一系列世界名迹，尽管它们并不存在：乌托邦、奥兹国、香格里拉、霍格沃茨魔法学校所在的不明地区。我们居住的世界时常因为我们的想象力而显得过于拥挤，所以我们不断创造新的地点，节省真实的空间，为我们的深夜噩梦和崇高志向提供绝佳的舞台。

对柏拉图而言，创造一座岛屿并在其上构建虚拟社会让他得以反思自己所处社会的优劣点。这也是为什么自第一处篝火燃起时，我们便开始讲述故事，想象这些故事可能发生的地点。与政客不同，讲故事的人深知理性现实与物质现实是无法割裂的：我们所能做的仅仅是重新构想这个世界，以期更好地看待与理解它。《一千零一夜》中水手辛巴达的冒险故事就是这样颠覆了陆地（故事的讲述地）与海洋（故事的发生地）的概念。

从我们提及"海洋"的那一刻起，我们的思绪便无法将"陆地"割舍。水手辛巴达是个逃离海岸、远离陆地的人，遵循着埋藏在血统中的本能在不断起伏的水面平原上追寻着熟悉的地貌。在坚实的土地上，辛巴达的生活平静、乏味、尽在掌握。大海上却完全相反。

在这个没有路基的世界里,满目皆为地平线,任何事情,甚至是不可思议的事情都有可能发生,也确实发生了。正如辛巴达所知,我们所有人都需要挑战未知,以为死亡这一真正的未知领域做准备。因此,越来越紧张刺激的航海冒险也是辛巴达在最终时刻来临前的试炼,到了那时他将化为尘土重回陆地,直到永远。读者的直觉告诉我们,最后一页很快就要到来。因为当我们翻回到这精彩的第 537 个阿拉伯之夜的开头(富有、年迈的辛巴达找到了自己的归宿,开始讲述他的人生故事)时,会发现这种平和的居家形象实际上预示着不可避免且近在咫尺的终点。

我们不要忘了世界上不只有一个辛巴达,而是两个。我们都熟知的那一位海上探险家有着道格拉斯·范朋克[1]的相貌,埃罗尔·弗林[2]或布拉德·皮特的声线,但还有一位陆地上的辛巴达,挑夫辛巴达,根据山鲁佐德[3]花了三十个夜晚讲述的故事,他还被水手辛巴

---

1 Douglas Fairbank(1883—1939),美国演员,他的儿子 Douglas Fairbank Jr.饰演过《水手辛巴达》(*Sinbad, the Sailor*,1947)的主人公,原文可能指的是他的儿子,父子两人同名。
2 Errol Flynn(1909—1959),澳大利亚演员,代表作为《铁血船长》(*Captain Blood*),下文提到的演员布拉德·皮特则是在动画片《辛巴达七海传奇》(*Sinbad Legend of the Seven Seas*)中为辛巴达配音。
3 Scheherazade,即《一千零一夜》的女主人公,故事的讲述者。

达邀请至家中。水手辛巴达的存在前提是挑夫辛巴达的出现,而只有当两者面对面,故事之中的故事才能展开。

水手辛巴达的七次历险令人胆战心惊。年轻的主人公登陆的岛屿其实是一条鲸鱼(与爱尔兰的圣布伦丹[1]经历类似),他因此落入海洋深处。后来,一只自称大鹏的巨鸟将他带入云端。他又像前辈奥德修斯一样与一群食人的独眼巨人和毒蛇作战。可怕的鬼魂像要吃唐僧肉一样想要喝他的血。他被海上长者俘虏,被迫将这个老恶魔背在肩上。海盗们也追捕他,所有人的最终宿命都是水中的坟墓。不过,如果没有这些故事的聆听者——陆地上的辛巴达,我们不会知道这些冒险经历。

如此一来,辛巴达的海上故事便永远不会结束。水手辛巴达将他的故事告诉挑夫辛巴达,挑夫辛巴达听到的故事又由山鲁佐德转述出来。山鲁佐德的故事本来是要讲给妹妹敦亚佐德听的,而除了敦亚佐德,残暴的国王山鲁亚尔也听到了这些故事。山鲁亚尔偷听到的故事最终变成了我们的见证,我们的耳朵紧贴着门上的钥匙孔,长长的走廊上传来古老的回声。

1　Saint Brendan(约484—约577),爱尔兰早期圣徒,航海家。

威克菲尔德

*

五六岁时,我常常做白日梦,想象自己被一帮陆地上的海盗绑架(出于某种原因他们没有船,只能步行),带到类似海蒂爷爷家的遥远山区,在那里接触了各种有趣的事物。我想,我们所有人都曾在某一刻幻想过完全不同于现实的生活,对没能成为沃尔特·米蒂[1]的我们来说,没有经历过的生活在各方面都比我们的日常更加生动、更有价值。在我看来,被分裂的原始自我追寻迷失的另一半这种柏拉图式神话实际上是一种普遍经验:我们渴望自己无法体验的经历。

根据某位威廉·金(William King)博士发表于1818年的《他所处时代的奇闻逸事》(*Anecdotes of His*

---

[1] Walter Mitty,詹姆斯·瑟伯(James Thurber)所著短篇小说《沃尔特·米蒂的秘密生活》(*The Secret Life of Walter Mitty*)的主人公,该书讲述了一名爱做白日梦的男子的故事,曾被改编成电影、音乐剧。

Own Times)中的说法,有一位叫作霍伊的男子某天毫无征兆地离开了妻子,多年后又回到了她身边。纳撒尼尔·霍桑看到了这段被金证实为真的内容后,改写了这个故事,并以被他重新赐名的古怪主人公为题:《威克菲尔德》。霍桑告诉我们,威克菲尔德谎称自己出门旅行,却带着行李住进了隔壁的街道。在那里,他断绝了妻子和朋友的音讯,在"没有任何自我流放的理由"的前提下,静静独居了二十多年。一段时间后,确信丈夫意外身亡的威克菲尔德夫人认命地开始了"中年孀居"的生活。后来的某天傍晚,威克菲尔德像是只消失了一天一样再次回到家中,在霍桑的结局里,他"直至离世前都是个体贴的丈夫"。

霍桑开始设想之前的威克菲尔德是什么样的人,什么样的人会在不清楚后果的情况下离开平凡的生活,做出这种当时看来尚且并不重大的决定。他人到中年,处于一段没有暴力元素的婚姻关系中,"情感趋于冷淡平静,甚至形成习惯"。威克菲尔德是那种最忠诚的丈夫,"因为懒惰,所以他很难动心,无论他心归何处"。他的内心充满了冗长慵懒的沉思,毫无目的。倘若问他的朋友们,哪个伦敦人今天一定干不出任何明天还能被记得的事,他们一定会想到威克菲尔德。或许只有他的妻子会犹疑片刻,因为她可能已经察觉到自己的丈夫有点说不上来的奇怪,有着莫名的虚荣心,喜欢隐藏并不值得透露的小秘密,安静却自私。"自私,"霍桑曾在其"笔记"系列中写道,"是最容易诱发爱情的特质之一。"

在思索威克菲尔德的诡异决定的过程中,霍桑提出,可能存在"一种脱离我们控制的力量"强烈地左右着我们的每一个行为,并"在铁一般的必然规律中体现自己的重要性"。甚至在分离十年后,走在路上的威克菲尔德在人群中偶遇了妻子,他仍然发现自己无法回到已被遗弃的生活中去。也许那一刻,威克菲尔德夫人感觉自己似乎认出了什么人,但她走了过去,而威克菲尔德虽然感到"这一生所有的悲惨奇遇"都突然涌现在眼前,却只能大声哭喊道:"威克菲尔德! 威克菲尔德! 你疯了!"或许他是疯了,不过这种解释并不能令我们满意。

疯狂可能是威克菲尔德行为背后的原因,却不能解决它带来的后果。一旦我们出其不意地转换方向,一旦我们选择始料不及的路径,偏离既定的目标,我们身上和周遭会发生什么样的改变? 多拧一圈螺丝(此处可借用亨利·詹姆斯[1]的形象)会如何改变这个世界

---

[1] Henry James(1843—1916),美国作家,著有小说《螺丝在拧紧》(*The Turn of the Screw*)。

运行的方式?即便我们可以同时踏上两条支线,一切是否会变得不同?据说在欧律狄刻死后,俄耳甫斯乞求冥界众神复活他的爱人,妄图实现不可能之事。众神答应了他的请求,条件是俄耳甫斯不能回头看她。然而这是个致命的难题:只要他看不见欧律狄刻,她便是存在的,俄耳甫斯也能得偿所愿;但如果他回头看她,她便会消失,并且他就是罪魁祸首。所以无论如何,俄耳甫斯都看不到任何东西,他输掉了赌约,独自流亡。[1]

霍桑最后以如下话语结尾:"在这个奇异世界的表面混乱中,每个个体都恰如其分地置于某个体系内,各个体系也协调一致,形成一个整体。而某个人一旦踏出一步,哪怕只有片刻,也会有永远失去自己位置的可怕风险。就像威克菲尔德一样,他很可能,也的确是这个宇宙里的流亡者。"

博尔赫斯指出,威克菲尔德与卡夫卡笔下的悲剧主角类似,有一种独特的"深刻的渺小感,与他所遭受的巨大灾难形成对比,令他更加无助地陷入愤怒之中"。威克菲尔德并不是唯一一个试图打破事物顽固规律的人,尽管这种尝试微不足道。格列佛就曾在他

---

[1] Orpheus 和 Eurydike,均为希腊神话人物。

的拉普他飞岛游记中记录过一位了不起的宫廷女子，她突然决定离开现有的平静生活，逃离至拉格多王国，在那里躲避了数月，直到国王颁布针对她的搜查令。她被找到的时候，"正衣衫褴褛地躲在一个不起眼的餐馆里，她典当了自己的衣服换来一位残疾的老仆人，却每日遭到他的殴打"。E. L. 多克特罗[1]同样名为《威克菲尔德》的短篇小说以及爱德华多·贝尔蒂[2]的《威克菲尔德夫人》都试图探究叛逆的渺小人物可能带来的后果。结论令人沮丧。

著名苏菲神秘主义诗人鲁米（Rumi）讲述过这样一个寓言（后来被萨默塞特·毛姆、让·科克托、弗兰克·奥哈拉[3]引用）。一位年轻人找到先知苏莱曼对他说道："我在你的城市里生活，死神亚兹拉尔却突然出现盯着我看，求求你把我送到另一个国家吧，我还不想死。"苏莱曼听说后同意了，命令一阵风将男子送往印度。当天下午，苏莱曼召来亚兹拉尔问道："为什么你要这样盯着我的臣民吓唬他，害得他过来求我把他送到印度？"亚兹拉尔回答："先知啊，那是因为上帝命我

---

1 E. L. Doctorow(1931—2015)，美国小说家。
2 Eduardo Berti(1964—)，阿根廷作家，下文提到的作品原题为 *Le mujer de Wakefield*。
3 Frank O'Hara(1926—1966)，美国诗人。

明天将这名男子送往印度,我却意外地在这座城市的街道上看见了他。"

没有体验过的生活和没有走过的路之所以十分诱人,是因为在我们的想象中,如果这样生活或者那样选择,事情会变得有所不同,我们会更幸福、更明智,更受爱戴与尊重。

也许并非如此。

怪物出处

＊

包法利先生 Monsieur Bovary：Gustave Flaubert, *Madame Bovary*

小红帽 Little Red Riding Hood："Little Red Riding Hood," *Grimms' Fairy Tales*, trans. Margaret Hunt, rev. James Stern (London: Routledge and Kegan Paul, 1975)

德古拉 Dracula：Bram Stoker, *Dracula*

爱丽丝 Alice：Lewis Carroll, *Alice's Adventures in Wonderland* and *Through the Looking-Glass and What Alice Found There*

浮士德 Faust：Christopher Marlowe, *The Tragical History of the Life and Death of Doctor Faustus*; Johann Wolfgang von Goethe, *Faust*, trans. Walter Kaufman (New York: Anchor Books, 1961/1990), and the original German edition

乔特鲁德 Gertrude: William Shakespeare, *Hamlet*

超人 Superman: Jerry Siegel and Joe Shuster, *Superman* (DC comics); George Bernard Shaw, *Man and Superman*; G. K. Chesterton, "How I Found the Superman," in *Alarms and Discursions*; Friedrich Nietzsche, *Thus Spake Zarathustra*, in *A Nietzsche Reader*, trans. R. J. Hollingdale (London: Penguin, 2017)

唐璜 Don Juan: Molière, *Dom Juan, ou Le Festin de pierre* (Don Juan; or, The Stone Guest); Wolfgang Amadeus Mozart and Lorenzo Da Ponte, *Il dissoluto punito, ossia il Don Giovanni* (The Rake Punished, Namely Don Giovanni); Tirso de Molina, *El burlador de Sevilla o el convidado de piedra* (The Trickster of Seville and the Stone Guest); George Gordon, Lord Byron, *Don Juan*; José Zorrilla, *Don Juan Tenorio*

莉莉丝 Lilith: *The Book of Legends: Sefer Ha-Aggadah*; *Legends from the Talmud and Midrash*, ed. Hayyim Nahman Bialik and Yehoshua Hana Ravnitzky, trans. William G. Braude (New York:

Schocken, 1992); *The Talmud: A Selection*, trans. and ed. Norman Solomon (London: Penguin, 2009)

流浪的犹太人 The Wandering Jew: *Kurze Beschreibung und Erzählung von einem Juden mit Namen Ahasverus* (Short Description and Account of a Jew Named Ahasverus, 1602); Eugène Sue, *Le Juif errant* (The Wandering Jew); Carlo Fruttero and Franco Lucentini, *L'amante senza fissa dimora* (The Lover of No Fixed Abode); Jorge Luis Borges, "El Inmortal" (The Immortal) in *El Aleph* (The Aleph)

睡美人 Sleeping Beauty: "La Belle au bois dormant" (Sleeping Beauty in the Woods), Charles Perrault, *Contes* (Fairy Tales); "Little Briar Rose," *Grimms' Fairy Tales*, trans. Margaret Hunt, rev. James Stern (London: Routledge and Kegan Paul, 1975)

菲比 Phoebe: J. D. Salinger, *The Catcher in the Rye*

性真 Hsing-chen: Kim Man-jung, *The Nine Cloud Dream*, trans. Heinz Insu Fenkl (New York: Penguin, 2019)

吉姆 Jim: Mark Twain, *Adventures of Huckleberry*

Finn

客迈拉 The Chimera: Homer, *The Iliad*, trans. Richmond Lattimore (Chicago: University of Chicago Press, 1951); Hesiod, *Theogony*, trans. Dorothea Wender (Harmondsworth, UK: Penguin, 1986); Robert Graves, *The Greek Myths* (London: Penguin, 1993)

鲁滨逊·克鲁索 Robinson Crusoe: Daniel Defoe, *The Life and Strange Surprizing Adventures of Robinson Crusoe, of York, Mariner*

魁魁格 Queequeg: Herman Melville, *Moby-Dick; or, The Whale*

暴君班德拉斯 Tyrant Banderas: Ramón del Valle-Inclán, *Tyrant Banderas*, trans. Edith Grossman (New York: NYRB Classics, 2012)

希德·哈梅特·贝内恩赫利 Cide Hamete Benengeli: Miguel de Cervantes, *Don Quixote*

约伯 Job: Job (Bible); Moses Maimonides, *Guide of the Perplexed*, 2 vols., trans. Shlomo Pines (Chicago: University of Chicago Press, 1963)

卡西莫多 Quasimodo: Victor Hugo, *Notre-Dame de Paris* (The Hunchback of Notre-Dame)

卡苏朋 Casaubon: George Eliot, *Middlemarch: A Study of Provincial Life*

撒旦 Satan: Jubilees (Apocrypha); Dante, *La commedia* (The Divine Comedy); John Milton, *Paradise Lost*; Peter J. Awn, *Satan's Tragedy and Redemption: Iblīs in Sufi Psychology* (Leiden: Brill, 1983) (for Al-Ghazali); Stephen Greenblatt, *The Rise and Fall of Adam and Eve: The Story That Created Us* (New York: Norton, 2018) (for Shihab al-Din al-Nuwayri and late Qur'anic exegetes); Johann Wolfgang von Goethe, *Faust*, trans. Walter Kaufman (New York: Anchor Books, 1961/1990), and the original German edition

骏鹰 The Hippogriff: Ludovico Ariosto, *Orlando Furioso* (The Frenzy of Orlando)

尼摩船长 Capitan Nemo: Jules Verne, *Twenty Thousand Leagues Under the Sea* (translation adapted from Lewis Page Mercier) and *The Mysterious Island*

弗兰肯斯坦的怪物 Frankenstein's Monster: Mary Shelley, *Frankenstein; or, The Modern Prometheus*; *Frankenstein* (Universal Studios, 1931)

沙僧 Sandy: Wu Ch'êng-ên [Cheng'en], *Monkey:*

Folk Novel of China, trans. Arthur Waley (New York: Grove, 1970)

约拿 Jonah: Jonah (Bible)

多娜·埃米莉亚 Dona Emilia: José Bento Renato Monteiro Lobato, *A Menina do Narizinho Arrebitado* (The Girl with the Turned-Up Nose), *O Picapau Amarelo* (The Yellow Woodpecker Farm), and *Ser.es de Dona Benta* (Night Chatting With Mrs. Benta)

温迪戈 The Wendigo: John Robert Colombo, *Windigo: An Anthology of Fact and Fantastic Fiction* (Lincoln: University of Nebraska Press, 1983)

海蒂的爷爷 Heidi's Grandfather: Johanna Spyri, *Heidi*

聪明的艾尔莎 Clever Elsie: "Clever Elsie," *Grimms' Fairy Tales*, trans. Margaret Hunt, rev. James Stern (London: Routledge and Kegan Paul, 1975)

大个子约翰·西尔弗 Long John Silver: Robert Louis Stevenson, *Treasure Island*

卡拉高兹与哈奇瓦特 Karagöz and Hacivat: *Selected Stories of Hacivat and Karagöz*, ed. Zeynep Üstün, trans. Havva Aslan (Istanbul: Profil, 2008)

爱弥儿 Émile：Jean-Jacques Rousseau, *Émile, ou De l'éducation* (Émile; or, On Education)

辛巴达 Sinbad：*Les Mille et une nuits: Contes arabes* (an 1823 French translation; in English *The Thousand and One Nights* or *The Arabian Nights*)

威克菲尔德 Wakefield：Nathaniel Hawthorne, "Wakefield," *Twice-Told Tales*

致　　谢

*

感谢我的编辑约翰·多纳蒂奇,他同时也是我的读者,洞察力敏锐的他一直给予我极大的鼓励。

感谢策划编辑部主任丹妮尔·奥兰多的耐心与帮助。

感谢才华横溢的设计师南希·奥维多维茨的付出。

再次感谢我的经纪人吉列尔莫·沙维森和芭芭拉·格雷厄姆从未动摇的信任。

特别感谢资深文字编辑苏珊·莱蒂尽其所能地让提提维鲁斯(Titivillus)这个错别字小鬼远离我。提提维鲁斯最早出现在十三世纪晚期方济会学者约翰斯·瓦伦西斯(Johannes Walensis,意思是威尔士的约翰)所著的《论忏悔》(*Tractatus de penitentia*)中,指的是故意让修士写错字的魔鬼。(苏珊肯定会查证这一点。)

最后我要感谢亲爱的朋友兼热情的读者吉利安·托姆,他在一个个怪物出现时仔细检查,让他们修剪指甲,梳理头发,把破旧的衬衫塞进裤子里。

还有克雷格,爱你如一。

有些怪物以不同的模样在西语图书中出现过,一开始是马德里的德尔森特罗出版社(Del Centro Editores)发行了配有安东尼奥·塞古伊[1]所作插图的限量版,后来又由阿莉安扎出版社(Alianza Editores)再版,同样配有塞古伊的插图。

---

[1] Antonio Seguí(1934—),阿根廷画家。

Fabulous Monsters
© Alberto Manguel
c/o Schavelzon Graham Agencia Literaria
www.schavelzongraham.com
Simplified Chinese translation copyright © 2021 by NJUP
All rights reserved.

江苏省版权局著作权合同登记　图字:10-2019-607 号

图书在版编目(CIP)数据

迷人怪物:德古拉、爱丽丝、超人等文学友人 / (加)阿尔维托·曼古埃尔著;徐楠译. —南京:南京大学出版社,2021.4(2021.9 重印)

书名原文:Fabulous Monsters: Dracula, Alice, Superman, and Other Literary Friends

ISBN 978-7-305-23830-7

Ⅰ.①迷… Ⅱ.①阿… ②徐… Ⅲ.①随笔-作品集-加拿大-现代 Ⅳ.①I711.65

中国版本图书馆 CIP 数据核字(2020)第 197805 号

出版发行	南京大学出版社
社　　址	南京市汉口路 22 号　邮　编 210093
出 版 人	金鑫荣

书　　名	**迷人怪物:德古拉、爱丽丝、超人等文学友人**
著　　者	[加]阿尔维托·曼古埃尔
译　　者	徐　楠
责任编辑	付　裕
照　　排	南京紫藤制版印务中心
印　　刷	南京爱德印刷有限公司
开　　本	787×1092　1/32　印张 9.375　字数 152 千
版　　次	2021 年 4 月第 1 版　2021 年 9 月第 3 次印刷
ISBN	978-7-305-23830-7
定　　价	58.00 元

网　　址	http://www.njupco.com
官方微博	http://weibo.com/njupco
官方微信	njupress
销售咨询	025-83594756

* 版权所有,侵权必究
* 凡购买南大版图书,如有印装质量问题,请与所购图书销售部门联系调换